兔眼看世界

徐怡冉 / 著

中央编译出版社
Central Compilation & Translation Press

图书在版编目 (CIP) 数据

兔眼看世界／徐怡冉著 . ——北京：中央编译出版社，2017.5
ISBN 978-7-5117-3251-4

I.①兔… II.①徐… III.①中国文学－当代文学－作品综合集 IV.①I217.2

中国版本图书馆 CIP 数据核字 (2017) 第 013432 号

兔眼看世界

出 版 人：	葛海彦
出版统筹：	贾宇琰
责任编辑：	曲建文
执行编辑：	程　彤
特约编辑：	徐若学　王文娥
责任印制：	尹　珺
出版发行：	中央编译出版社
地　　址：	北京西城区车公庄大街乙 5 号鸿儒大厦 B 座 (100044)
电　　话：	(010) 52612345（总编室）　(010) 52612363（编辑室）
	(010) 52612316（发行部）　(010) 52612317（网络销售）
	(010) 52612346（馆配部）　(010) 55626985（读者服务部）
传　　真：	(010) 66515838
经　　销：	全国新华书店
印　　刷：	北京紫瑞利印刷有限公司
开　　本：	787 毫米 ×1092 毫米　1/16
字　　数：	191 千字
印　　张：	13.75　插页 2
版　　次：	2017 年 5 月第 1 版第 1 次印刷
定　　价：	38.00 元
网　　址：	www.cctphome.com　　邮　箱：cctp@cctphome.com
新浪微博：	@ 中央编译出版社　　微　信：中央编译出版社 (ID: cctphome)
淘宝店铺：	中央编译出版社直销店 (http://shop108367160.taobao.com)

凡有印装质量问题，本社负责调换，电话：010-55626985

代表十堰队参加湖北省比赛

五岁蓝天幼儿园小天使形象代言人

13岁担任丹江口市28届教师节主持

11岁拉丁舞比赛一等奖

14岁十堰市演讲比赛一等奖

10岁参加丹江口市钢琴比赛

15岁襄阳五中迎元旦晚会演出

**13岁获十堰市"读书知识竞赛"
特等奖**

10岁深圳世界之窗留影

15岁云南玉龙雪山

11岁上海世博会

16岁张家界金鞭溪

12岁凤凰古城留影

17岁天津大学冯骥才会馆

14岁台湾女王头像

17岁厦门大学芙蓉洞

目录 CONTENTS

第一部分 A HA 灵蝶

A HA 灵蝶 …… 002

旅行家马奇 …… 069

仙女泥娃历险记 …… 077

第二部分 小脚丫子作画

一个爱幻想的女孩 …… 082

外婆家的"欢乐谷" …… 085

学院里的那些事儿 …… 104

我和芭比 …… 112

我弟弟的三大秘密 …… 114

十字绣的魅力 …… 117

心的抚慰 …… 119

梧桐、老人和我 …… 121

第三部分　兔子也要大声叫

我见到成功的妈妈了 …… 126
让我再看你一眼 …… 128
最想唱给党的三支歌 …… 130
难忘"一二·九" …… 132
给理想插上翅膀 …… 134
我是丹江，我是水 …… 136

第四部分　兔子蹦蹦跳

云南印记 …… 140
大学探访之旅 …… 151

第五部分　兔眼看世界

梦想的色彩 …… 166

绿色的天堂 …… 169

冰清玉洁的姑娘 …… 171

吉娃娃 …… 173

听雨 …… 175

《三傻大闹宝莱坞》读后 …… 177

道歉书 …… 180

生命，那个命题 …… 184

男神，男神？ …… 185

普通又不普通的风景 …… 187

生命中的一束光 …… 189

舍，亦是得 …… 191

退，也是一种进 …… 193

人生路向上走 …… 195

美德需要传扬 …… 197

摘下有色眼镜 …… 199

跳出舒适区，寻觅未知风景 …… 201

豆，一瞬间初绽新绿 …… 203

写给你的情书 …… 205

石头 …… 211

第一部分

A HA 灵蝶

A HA 灵蝶

"我是谁？我在哪？我为什么存在？"

我有点不适应这突如其来的光芒，闭着眼睛，脑中却不停回想着之前发生的一切。想不起来，真的想不起来了。我有些害怕，一阵孤独席卷而来，外面的一切都是未知的。

我什么都不知道，脑子像被人清空了一样，一点也不剩。

渐渐地，我能睁开眼睛，原来，我正处在一个屋子里。

突然，我的耳朵边掠过清脆的敲击声，我惊恐地扭头。"谁？"这个屋子除了我空无一人。我刚想扭回头，那敲击声又出现了。我害怕地睁大眼睛，循着声音往下看，只见自己的手腕上系着一条手链，上面穿着一个小瓶子，是瓶子撞击地面时发出的响声。

我渐渐地定下心来，这才发现，一束阳光正照在我的身上，暖暖的，很舒服。我逆着光，还可以看见外面绿莹莹的一片。

我活动活动身体，慢慢立起身子，却还是有些吃力。我开始细细打量这一切。这是一个树屋，我正站在一棵梧桐树里，树屋里有一扇门、一扇小窗户，小窗户上放着一个大玻璃瓶，树屋里面简单放置有一张桌子、一张床，除此之外，空无一物。

"欢迎，1068号。"一个不带有任何情感的女声响起，我寻声望过去，只见树屋通向外面的那扇门被一层薄膜笼罩，薄膜上出现一个女子，是她在说话，"从今天开始，1068号要为了灵主而工作，直至永远。"

1068号就是我的名字？为灵主工作就是我存在的意义？

还未来得及询问那女子，她已经消失。一张纸不知何时落在我的手里。"1068号，阅读灵国守则，如果违反，销毁。"是那个女子的声音。

她的声音里有一种不可抗拒的力量。

"……

第34条：公民允许外出的活动——捉蝴蝶，并在日暮时分上交所捉蝴蝶。除此之外，公民应待在树屋里。

……

如果违反，销毁。"

最后几个大字用鲜红的颜色勾出，像是在强调什么。一瞬间，我感觉心里有东西压着，喘不过气来。

经过几天的实践，我才知道我存在的价值就是捉蝴蝶——捕捉人类头顶上的蝴蝶。因为蝴蝶也不是人人都有，因此捉蝴蝶的重点就在于找蝴蝶。

一天的生活是按照既定的步骤进行的。我会在日出时分出去捉蝴蝶，然后将蝴蝶放入手腕上的瓶子中，日暮时分回到树屋，再将蝴蝶放入窗台上的瓶子里，等待晚上收蝴蝶的机器过来，如此反复。

生活的唯一一点"乐趣"，是在晚间听那个女子带我回顾一遍守则，有时也会听一听那个女子讲故事。她会在门上的薄膜上出现，千篇一律地重复着灵主的故事——讲述他的丰功伟绩，讲述他怎样利用蝴蝶创造世界。

"他是我们伟大的神灵！"时间长了，我也可以流利地背下灵主的故事。听着故事结尾响起的雄壮的交响乐时，我的心里也会溢出苦涩的味道。

第一章

一

一年过去了，也许是一年，我也不清楚。

今天的蝴蝶异常好找，还没有出树屋几分钟就已经把瓶子装满了。我抬起头,看见夕阳还没西下,寻思着在哪坐坐,休息一下,只要不是树屋就好。

突然,我被自己的想法吓了一跳。怎么可以这样想呢?守则应该是不会允许的。于是,我加快了脚步,想停止自己荒诞的想法。但是,这个想法如洪水般汹涌而来,冲破了我理智的闸门。

也许,可以停一下,只停一下下。

我的理智正在做拼死挣扎。最后,我还是被打败了。我胆子太小,不敢走得太远,只是选择了树屋旁边的湖泊。即使住在树屋这么长时间,也只是远远地看过这片明镜。有时从窗户里看见树叶自由自在、随意地在湖上漂动,就会羡慕不已。水,摸起来是什么感觉呢?

我小心翼翼地走了过去,缓缓坐了下来,颤抖的手轻轻点了一下水。水原来就是凉凉的,湿湿的啊!突然,耳边一阵窸窸窣窣的声音。我警惕地扭头,没有人在我身后,只是风吹过引起的小晃动。我长出一口气,应该没有人发现我偏离轨道。

我刚想把手再伸进去,女子的声音响了起来:"1068号,如果违反,后果自负!"她的声音让我如坐针毡,猛地蹦了起来,连滚带爬地跑回树屋。

"1068号,鉴于你已触犯法则第105条,惩罚1068号在家禁闭10日。1068号,你还有2次机会。"

我惊魂未定,女子的声音又响了起来。立刻,树屋唯一的一扇窗被一块从天而降的铁皮严严实实地封住,透不进来一点光芒。紧接着房子里立刻亮起红色的灯光,一闪一灭。我吓得瘫坐在地上。还未反应过来,耳朵就被塞上了什么东西,里面不断重复着恐怖的声音。那是女人刺耳的尖叫声,那是铁相互摩擦的声音,那是盘子碎裂的声音,混杂在一起。"啊——"我忍不住尖叫起来。

二

不知过了多久,些许是天黑了。一瞬间耳边的声音消失了,我的嗓子早已喊哑了,眼泪已经哭干了。我无力地趴在地上,眼睛空洞地看着自己的手腕。

瓶子里的蝴蝶闪着金色的光芒。我也从未仔细看过打交道这么长时间的小家伙们，仔细看，每一只蝴蝶的翅膀都有着优美的弧度，而且形状各不相同。

没过一会儿，不可思议的事情出现了。当我再仔细地看，我惊奇地发现，这些蝴蝶的翅膀上竟然刻画着密密麻麻的文字，我看不懂，似乎是某种古老的语言。

我将瓶子放在眼睛前，努力去辨别字迹。"请放蝴蝶。"突然间，那扇窗户开了个小口，正好露出了那个装蝴蝶的瓶子。"请放蝴蝶。"声音更冷了一些。房子里又亮起了红色的灯光，一闪一灭。我的脑中又闪过刚才发生的一切。我难受地闭上眼睛，不断想要摆脱那段记忆。

不行，做不到。我勉强睁开眼睛，看着那瓶子中的黄色蝴蝶，心中涌起了不舍，是的，我的内心在呼唤，我想要拥有一只，它们精致的花纹吸引着我，我想要保存一个。

"请放蝴蝶。"那声音冷得似浸入冰窖。我打了个寒战，望了望窗口的那个瓶子，一股厌恶和恐惧涌上心头。转念一想，既然已违反了，又何畏惧？

只是一瞬的想法，但是这个念头已经主导我的思维。我快速捉住一只蝴蝶，藏进了自己的衣服里，用一只手紧紧将蝴蝶裹在自己的衣服里，怕它飞出来。我把整个动作尽量放得轻柔，使它不因此而丧命。我以一种奇怪的姿势向着窗口走去，我用嘴巴咬开瓶口的塞子，快速抬起系着瓶子的手，把其余的蝴蝶全部倒入窗台上的大瓶子中。我刚把手收了回去，"嘭"的一声，窗户关住了。寂静席卷了一切。

房间里一片漆黑，除了我衣服内的那个光点。我将它熟练地放回手腕上的瓶子里，看着那点光亮，心中温暖了许多。

我摸索着爬上了床，看着那只被自己强行留下的蝴蝶，隐隐感觉，我也许不能留它多长时间，很快灵主就会知道，到那时候，我将会又一次违反规则。也许，我会后悔，却已没有退路。奇怪的是，我并不感到后悔，相反还十分庆幸自己的决定，这似乎就像是婴儿的第一次看世界，我第一次触摸新鲜事物的历程也将开始。

我凑近它,细细看着它身上的每一个毛孔。也许是从瓶子里飘出来的,我闻到一股淡淡的果香。紧接着打了一个哈欠,眼皮不由自主地合了起来。

"这是哪里?"逐渐习惯了阳光,我睁开了眼睛。我看见许许多多的人坐在下面,或带惊异,或带喜悦,正看着我。我一惊,这是梦吗?我的脑中突然闪出法则第27条:不许与人类见面。

我下意识地蹲了下来,令人意外的是他们似乎未意识到我的存在,他们看的根本不是我,我越发感到奇怪。

"这是我们的新同学,让我们欢迎她的到来。"我吓了一跳,猛地望向四周,只看见我的右边一个带着眼镜的中年女子带着一个女孩。

"大家好,我是韩梦娇。"一个女孩站在讲台上,脸上带着些许轻蔑。话音刚落,掌声响了起来。

"梦娇,你就坐在那儿吧。"随着老师的手一指,同学们齐刷刷地向一个短发女孩的方向看去,那个女孩正一手拄着头,眯着眼睛,嘴巴张得老大准备打一个哈欠,看到同学们突然扭过来,脸刷地一下涨得通红,装模作样地坐端正,眼睛中写着惊恐和无奈。

我怔了半天才明白,他们看不见我。一瞬间我放松了许多。我想起了刚才我正在看那只蝴蝶。那为什么,这里的一切,这难道是我的梦吗?如果是的,我应该醒来。

我用力地睁开眼皮,再用力一点,还是没有用。也许是眼皮太沉了,也许我再也醒不过来了,也许我要永远困在这里了,没有人知道我。我越想越害怕,心一下掉进了谷底。

"不要挣扎了,这不是梦。"一个充满磁性的声音从不远处传来。我扭过头,发现一个黑头发的男孩用那双海一般静谧的眼睛正看着我。那个男孩为什么那么眼熟,我一时却想不起来。

只见他正坐在凳子上,把腿伸长架在桌子上,嘴边还有一丝浅浅的微笑,他的身上有着绿叶的阳光味。不是看不见我吗？我看见那个男孩的穿着和其他人无异，应该是看不见我的，除非……

"我不是来抓你的，我是来提示你的。"他缓缓站了起来，打了一个响指，一瞬间墙壁上的钟停止了转动，所有人的动作都停止了，他竟然静止了整个空间。

我想起来了，这个男孩就是灵主的守卫。他在这里就是为了抓犯错的精灵。我还记得上一次在西岭山时，他抓住犯了一点错的精灵时，眼神的冷酷无情。我呆呆地站在原地，禁不住哆嗦起来。

"这里是现实世界，这里是学校。在这儿，你只能看他们，看着他们演绎有趣的故事。"他的话里强调的是"有趣"，边说边指向了韩梦娇的位置。我顺着他的手看过去，似乎能够理解他的意思。一只蝴蝶正在韩梦娇的头上翩跹起舞，只不过很小，不仔细看是看不到的。他未等我注意，便走向我，摸着下巴看着我说："1068号，别想着要离开这里，你逃不走的。不过，你胆子真是挺大的，灵主的法律在你的面前就如一纸空文。我奉劝你一句，这地方可不是你能待的。自己犯下的错，自己寻找出口。不过你很幸运，这一次，我便不会向灵主通报。但是，下一次……便是你的祭日。"最后几个字，他狠毒地说了出来。刚说完，他便径直向教室外走去，并没有在意我瞪大的眼睛、惊恐的神情。

当他离开我的视线时，我绷紧的神经才松弛下来，然而心中的沉重却一直没有消除。不错，我内心深处确实开始后悔当初的决定了，我不知道未来将要发生什么，我自己闯下的祸，只能自己承担。

我眼前的画面也随着他的离开恢复到正常。

我像一个幽灵在这个叫作"学校"的虚幻世界游荡。我不止一次地寻找着逃出去的方法，然而每一次的精疲力竭已经证明了每次尝试只是徒劳。我坐在教室的角落里，思念着我不大却舒适的小床，思念着单调却安全的生活。

然而，在这个地方，除了不断地寻找之外，唯一的乐趣，也正如守卫所说，就是看看教室里发生的事情。

在我来到这里的一个星期，整个教室里的人都在讨论着韩梦娇的身世。

"哎，听说她在转校之前，在原来的学校里，成绩就很优异啊。那为什么还要转学？"

"你说什么呢？只要成绩好，人品什么的根本不需要考虑。老师那么喜欢她，天天都当成神供着。"

"她只是骄傲而已，什么都听不进去。不过有分数就是任性，怎么胡来也没有人会说。"

"她有什么好的？只不过成绩好一点，天天瞧不起我，我还瞧不起她。"一个心直口快的女孩皱着眉头大声说道。边说边往韩梦娇那边投过不屑的一瞥。韩梦娇突然将手"啪"的一声拍向桌子，愤怒盈满了她的眼眶，她的眼睛瞪得老大，望向正在谈论她的人群，谈论的人群一瞬间就散开了。蝴蝶——蝴蝶——！只见韩梦娇头上的蝴蝶又长得大了一些，周围环绕着殷红的光圈，看着就让人不寒而栗。

这个女孩能够发如此感慨也是在情理之中的。

昨天——"韩梦娇，借我用一下橡皮。"大型考试中。那个女孩坐在角落，望着自己试卷上猛然发现的错误，她抬头发现无情的钟表只剩下四分钟。她开始拼命地翻着自己的用具，但是没有一个是她想要的。喊监考老师？已经没有时间耽误了，她焦急地环顾四周，想要寻求最近的帮助，而离她最近的就是韩梦娇。

但是那一声呼唤，没有人应答。"韩梦娇，借我用一下橡皮。"她不由得加大声音。在多次的呼唤声中，终于，坐在前面的韩梦娇愤怒地扭头："你考不好算什么，我考不好你赔得起吗？"

还未说完，收卷子的铃声响了。

那个女孩因为没有橡皮改答题卡上的错题，考得一塌糊涂。她不服气，前去质问。韩梦娇听完她的埋怨，面不改色，并没有看她，只是继续忙着手上的作业，无意间说了一句："成绩就那样，多 30 分少 30 分有区别吗？"那个女孩听罢，狠狠地盯着眼前的人，她竟然还能镇定地写作业！半晌，她还是未得到回应，叹了口气便离开了。

韩梦娇看着人群散了，才低下了头接着拿起笔做作业。但是她却半天没动笔，我觉得奇怪，便低下头想看看韩梦娇的表情。她的脸上虽和平常一样，却还是可以捕捉到眼中一闪而过的忧郁，是悲伤吗？我不清楚，但是可以肯定的是，我发现有透明的液体打湿了她的作业。

至于韩梦娇的同桌——李默默，在我看来她根本就是一个木头人。她可以一整天地坐在自己的位置上。她可以一整天只做两件事：睡觉、画画。对于老师来说，每次面对她头就会大，她免不了一个星期受两次训。

"你怎么不听劝？父母送你来上学，就是让你画画的？成绩重要还是画画重要？你真是无可救药！"老师愤怒的声音似乎要把窗户击破，我听得头皮都会发麻。李默默不说话，只是低着头听着老师的教诲。半晌，等老师的怒气发泄完，李默默才轻轻地说了一句："老师，能不能把我的画册还给我？"

这一次就是因为这一本画册被老师拽到办公室训斥。"我本来打算还给你的，可是，这么半天，你想的还是画画，你考虑过学习吗？你别想拿到它，除非期末考试进入前 100 名！"老师的眼睛中射出一道寒光，说得斩钉截铁。

李默默罕见地抬起头，带着哭腔哀求地说："老师，我需要它，我真的需要它！"说着便不由自主地去抢，可是连画册的边也没有碰到。她的绝望随着眼泪一涌而出。

那天，残阳用深红色染遍天空，映出了老师和李默默的妈妈的身影。妈妈不停地低头哈腰给老师认错，老师只是不住地摇头，站在妈妈身后的默默只是一直盯着老师手中的画册。夜晚织上天空，终于，训斥结束了。默默也拿回了自己的画册。她将脸埋在画册里，什么话也没说。妈妈低头看看自己的女儿，嘴巴张了张，似乎想说什么，但终于什么也没说，只是轻轻叹了口气。

这对同桌并没有什么交集。

今天，一定是太阳从西边出来了。

李默默竟然起来上厕所了。事实证明，太阳从西边出来定没有好事。

韩梦娇一看李默默离开教室，脸上闪过不怀好意的笑。她轻松地从李默默的桌子中找到那本她随身携带的画册，从自己的笔袋里摸出了一支笔。她抬起头看看，没有人注意她在干什么。她轻轻打开画册。我赶过去和韩梦娇一起看画册，那里面的画虽然画工不成熟，但是很有想象力，色彩搭配也很有灵气。大概是李默默画的。

我原以为她只是单纯地欣赏画幅，然而——她将笔抬起，往窗外的厕所看看，便迅速把笔落了下来，给一个女孩加了一个巨大的猪鼻子。她轻轻地笑了一下，接着开始画猪耳朵。

完了，完了！我感觉眼前的光被挡住，抬起头，看见李默默正站在面前。我害怕地闭上眼睛，不敢去看会发生什么。

我的耳边传来一声咳嗽声。

"你为什么要动我的画？"李默默的声音异常冷静。

韩梦娇的声音十分镇定："我还以为有什么好玩的，结果画得那么丑，我帮你美化一下。"

"你为什么要动我的画？"她提高了分贝，声音依然冷静。

"班主任让我管你，我……我这是在管你。看不出来吗？"她的声音有些慌张。

"啪……"一声巨响，我猛地睁开眼睛。

韩梦娇的一堆书被扔在地上，李默默的双肩不停地上下抖动，脸憋得通红。令人惊异的是，李默默的头上竟然也出现了蝴蝶。那只蝴蝶大得不正常，它的周身围绕着红色的细丝，并在不断地向外放射出万道红色的光，这光线圈环绕着李默默，而李默默却浑然不知；韩梦娇头上的蝴蝶也变大了，却终究还是要比李默默的小一些，它正散发着寒气，这股寒气也笼罩着韩梦娇。感觉这两只蝴蝶有打架的意思，我急忙冲了上去，大声说了些什么。过会儿，我才意识到，她听不到我说话，也看不见我。突然，那两只蝴蝶像是发现了什么，一起冲向我。真是引火上身，这一次，真的躲不过了。

我做好了最坏的打算，闭上眼睛，等候着最后的宣判。

"跟我走。"突然我被人向上拽，鼻子捕捉到一丝淡淡的绿叶香，是那个男孩吗？他为什么要这样做？不可能，我在内心立刻掐灭了这个想法，那个男孩眼中只有抓人，不可能会救人。

我睁开眼想证明自己的猜想，但是我的周围是一片黑暗，我的头顶上似是有一股奇特的引力，把我带着往上飞。似乎飞了许久，最后，我感觉自己落在了一个软软的东西上面。我的眼前出现一点光亮，是蝴蝶！也就是说这里是——树屋！我立刻将瓶子放在桌子上，再次确认了瓶子里的蝴蝶依然在，才松了一口气。

现在是什么时候？我回到了床上躺下，看着天花板，我只知道禁闭还没有结束。

我想，也许，刚才的一切只是一个梦。也许，那个男孩子也只是一个梦。

不过，这个梦为何如此清晰。

三

在禁闭的日子中，除了寂寞还有慌张。

我不知道时间，这也许是最令人难受的事了。我无法正确控制自己的时间，我不知道何时是白天，何时是黑夜。我的头因为长时间的睡眠有些疼痛难忍。现在我唯一的慰藉就是在远处静静看着蝴蝶翻飞，除此之外，就是回味我的梦。

不知道韩梦娇和李默默怎么样了？虽然只是梦，但是那清晰的画面我无法忘却。

大约经过几天的挣扎，我做了一个重大的决定。

我要回梦里去，尽管那是一个自己编造的世界。是的，我就是好奇，那里的一切到底会怎么发展？

"你来了。"我顺利地进入那个世界。然而我并没有在教室里，我的周围一片白色。那个男孩正站在我的面前，穿着一套黑色的西装，胸前别着一朵精致的花。他看见我，眼中掠过一丝惊讶，随即恢复了平静。"你回来干什么？"他的眼光似一把锋利的刀，直插入我的心，我一时无从答起。"这里不应该是你来的地方，1068号。"他边说边叹了口气，"难道你真的不怕我将你抓住，送到灵主那里去吗？"我无言以对，连我自己都不知道我心里究竟是怎么想的，不知道是哪根筋搭错了。我沉默了，低着头看着地面。

他再次叹了一口气，用手轻轻点了一下旁边的空气，那里随即出现了一个不大的圆圈，里面正是我所待过的那间教室。他看了一眼那个圆圈，扭过头说："既然来了，我就带你进去吧。"我惊讶地看着他，双脚像是被锁在地面，不肯向前。

"我今天心情好，不打算报告灵主。"他平静地说，我还未反应过来，便任由他拉着我进入那个圆圈里。

四

今天似乎是一个大日子。

班级里的学生有些都按捺不住，不停地在教室、办公室之间穿梭，不断报道着最新的讯息。

"韩梦娇，老师请你去办公室喝茶。"韩梦娇仍然在写作业，丝毫不理会周围的环境。她听见了这个消息，写字的笔顿了一下，快步走出了教室。

刚出教室，班级里就炸开了锅。

"韩梦娇这次考得不行，还没我好。"一个男生眉飞色舞地说。

"不会吧，那她不得哭死了。"一个女生脱口而出道。

"管她的，自作孽不可活。我们组团去看一下这精彩的画面，怎么样？"

办公室里。"韩梦娇，你这次成绩……"老师轻轻叹了一口气。"老师，我知道没考好。"韩梦娇咬着嘴唇，等着老师的最后审判。

"你这次才 100 多名。回去好好反省一下。老师，……相信你。"韩梦娇的脸"唰"一下白了，她缓缓走回教室，丝毫没有往日的神气。

李默默正在教室里看漫画，一边看一边笑，她并没有意识到韩梦娇回来了。韩梦娇的耳畔充斥着李默默的笑声，那笑声是针对她的吧。她一定知道自己考差的消息，心里可能开心得要命……一个成绩差的人有什么资格对我指指点点，自己还不是差得要命。她一定是报复自己上次把她的画毁了，一个女孩子，为什么这么小肚鸡肠，不仅蠢笨而且自以为是……

韩梦娇越想越气，半晌，她冷冷地冒出一句："李默默，你这没爸的孩子，真可怜。"

李默默的笑声戛然而止，她渐渐握紧了拳头，手指被抠得发白。"你说什么？"她的声音有些颤抖。

"没爸的孩子，还不会画画，真……"她还未说完，李默默就像发疯了一样，把她的桌子整个推倒，书散了一地。韩梦娇也被推倒了。韩梦娇满肚子的难过还没地方发，她一个箭步跑上前去从李默默的桌子上抽出画册，顺手撕成了两半。李默默也不甘示弱，把她散在地上的书撕了个粉碎。整个教室的人还未反应过来，教室里就遍布了白花花的纸。

我发现那两只蝴蝶又一次变大，只不过这一次，它们变成了白色的，近乎透明，上面似乎还有曾经破碎过的裂痕，正无力地趴在她们头上，似乎快要死去了。

我愣住了，什么也做不了。我第一次感到自己力量的弱小。

我眼睁睁地看着这场闹剧结束。

韩梦娇疯狂地跑出教室。她在操场上狂奔着，以百米冲刺的速度。许久，或是跑不动了，她直接躺在了操场上。她的泪水和着哭嚎，似上演着眼湖泄洪，不一会儿，泪水浸湿了衣服。李默默一看见韩梦娇跑出去，就开始默默捡起被韩梦娇撕碎的画册，默默走回了座位，一点一点用胶水把画册变回原样，始终没有抬起头。

一瞬间,我的心里像是有无数的蚂蚁钻心,像是被刀子不断地割,感觉无法呼吸却又无可奈何。我为什么那么难受?为什么有似曾相识的经历?

"不要看了,我们走吧。"熟悉的声音出现。他拉了拉我的手腕,我不动弹。他见不行,就用力拽着我往回走。"我不回去!"我大声叫了起来,奋力甩开他的胳膊,想要往里冲,我想要去和她们在一起,我想找方法让自己不再那么难受。

我往前跑了几步,看见了,似乎是老师在训斥李默默。李默默的妈妈又一次出现了,这次她的脸上带着愧疚和失落。第二天,李默默的位置被空了出来。

"你这样解决不了问题。"他一边说,一边把手伸向远方,像是在收回什么东西。我眼巴巴地看着眼前的画面在一点点消失,一点点不见。我伸手去抓,只不过是徒劳的。我难受地蹲了下来,紧紧地摸着胸口。半响,液体从脸颊落了下来,打湿了手背。我看呆了。

"你知道吗?"他无视我的状态,自顾自地说,"是你害了她们。"

我抬起头看着他,想要从他的眼睛里获取些什么信息。不过,没有任何信息,那像深海一样的眼睛我看不透。"这一切不是真的,只是我的想象,我可以改变自己的梦,我一定还可以将她们两个的关系挽回,告诉我,对吗?"他没有说话,只是用眼神告诉我,我的一切猜想已经被他全盘否定了。他淡淡地说:"那只让你进入这个世界的蝴蝶是经不起你这样的折腾的,很快它就会消失。而这两个人的关系变成这样全是因为你的任性。如果……"他又一次用针尖一般的眼光直射我的心脏,我痛得无法呼吸,他继续说道:"如果,你不进来,她们也不会这样。"

我难以置信。我盯着他,他眼中透露出了一种坚定。

"我……我该怎么办?"半响,我无力地说。

"自己选择的路,自己走完。"他说道。

当我醒来时，禁闭已经结束。那只蝴蝶早已不见，或许它真的被我害死了。我确定的是，我不能再这样做了。

第二章

一

这几天，我不断做着同一个梦。

梦里面，一个女人哭得梨花带雨。她一头白色卷发，轻轻披在身后。她的头上戴着一串水滴状钻石链子，后面有光环笼罩。这个女人长得十分秀丽，高鼻梁，大眼睛，可以用恍若天仙来形容，她哭起来更是美到令人窒息。

她在梦里只是紧紧地握着我的手，不停地重复着一句话："你答应我，请你答应我。"我惊恐之极，怎么去答应她？我怯怯地向她询问是什么事情，可是她好像从未听到我说什么，只是不停地重复那句话。我不好直接答应，最后只能用沉默回应。在梦的尾声，她那绝望的眼神最终深深地烙在我的内心，她的轻叹声让我也为之动容，我正想答应她时，梦便醒了。

我的心里有些发慌，不仅是为了这个不切实际的梦，更是因为我感觉会有大事发生。我相信自己的直觉。

梦里。那个女人又出现了。这一次却发生了变化。

我第一次注意到那个女人背后的场景，是一个巨大的白色宫殿，墙壁上镶满了各色的宝石，有光透进来，把地板染得五彩斑斓，好生梦幻。

突然，我感觉周围又一次飘来绿叶的香味，一个人影快速从我身后掠过。我刚回头看，只隐约听到我的前面一声"好。"等到我再扭过头来，那个还一直哭泣的女人早已露出倾城的微笑。她的眼神空洞，似乎在看着远方。

我惊得出了一阵冷汗，猛地坐了起来。令我更加恐惧的是，我发现在我的床边，一双墨绿色的眼睛正死死地盯着我。我的汗不停地冒着，用害怕的眼神回望他。过了一会儿，那双眼睛消失了，面前闪出一只黑猫，它正在悠闲地舔着自己的毛。那只黑猫的身后有一扇大门，大门里面发出白色的光芒，把那只黑猫的毛照得闪闪发光，而那双绿色眼睛正是这个不速之客的。

那只猫的身上有一种气场，更有一种熟悉的香味。

"喵——"它慵懒地叫了一声，头也不回地走进了那扇门。我像是着了魔，竟然跟着那只猫走，慢慢走进了那扇门。

二

我从来不知道树屋竟然有一扇通往外界的大门。

这里的一切笼罩在黑夜之中，只有天空全都是金光闪闪的。这里的房子不停地扭动着身体，时而高时而低，有五彩斑斓的花纹点缀。

这里的居民都是动物，穿着衣服，像人一样走路。他们有的脸上戴着面具，那些戴面具的一旦把脸高高地扬起，天空中万束光芒中的一束就会直射下来，照在他们身上。他们在金光中似乎十分享受，连动作也舒展了许多。

我们直穿过人群。在房子的尽头，黑夜变成白天。天空颜色转换得很快，几乎是无征兆地出现。

我的面前长满了草，一直伸向远方。正前方有一扇黄金做的大门，上面镶嵌着碧绿的翡翠，那扇门一直伸向云层，看不到顶。再近些，我注意到那扇门里似乎有水，一条条小溪从门里流出来，门口前面的草坪全部被溪流浸着。那扇门也随着我们的到来，缓缓地打开了。

那扇门里面是一个巨大的欧式皇宫，白色的大理石铺满地面，贴满墙壁。它的顶部中间是彩色的玻璃，旁边是透明玻璃。因为是白天，地板正中央笼罩在一片彩色的投影之上。

正中央的位置放着一把华丽的椅子，旁边围绕着水，就像是椅子处在湖中间，那水是从椅子后面的天花板上流淌下来，似是有几根特殊的隐形水管，水沿着蝴蝶翅膀的造型流了下来。

这里的一切几乎都是白的。唯一不和谐的就是那把椅子上坐着一个全身穿黑衣的男人。他的头发比较长，银色的细丝随意披在肩上。他将一只腿竖起来放在椅子上，另一只手似是在把玩着什么。看到我们进来，他轻轻抬了抬眼眸。一股强大的气场立刻镇住了我，我嗅了嗅，他的身上也有一股和黑猫类似的绿叶的香味。

"你来了。"他的声音很稳重，像大提琴。那只猫敏捷地跳过水上的石子，蹿上了他的肩。他轻轻地逗弄那只猫咪，猫咪满意地打了个哈欠，在他的怀里睡着了。他也许并没有在意我惊异的眼光。

"请问，"我的声音有一些软弱无力，"请问，这里是哪里？"我鼓足勇气说。在这种人面前，我说话没有底气。

那个男子随即大笑起来，听起来毛骨悚然。等他笑够了，才慢慢地说："1068号，你认为呢？"

我想了想，才嗫嚅道："您……您是灵主。我来这里是因为……"我还是想隐藏自己的罪行，想装出一副什么都不知道的神态，但是我的神情早已暴露了一切罪恶。

"这里的一切都是由灵蝶，就是你所说的蝴蝶支撑的。我们会让这种神奇的东西发挥最大的功效。这，可以维持我们的生命。"他看看我，并没有说什么。他似乎并不是很在意，只是打开了一个银色盒子，抹了一点金粉放入嘴里，闭上眼睛慢慢地品味。他刚才把玩的就是这个盒子。"这是灵蝶，没有它，我们就会灭亡。你们就相当于这个世界的守护者。"他像是在说一件普通的事情。但是这话就像是一块巨石压在我的心头。

"灵主，我知道，我毁了一只灵蝶。请你责罚我。"我内疚地说出，我清楚自己的隐瞒已经毫无意义。

"就这么简单吗？你还有什么没有说？"他忽地盯着我看，似乎我的心里藏着什么惊世秘密，我低下了头，不敢吱声，也不敢直视他。

"算了，你不知道算了，"他又恢复到先前的态度，"但是，1068号，你记着，灵蝶的主人不是你能够控制的，他们自己的选择由不得你，公民守则如果再违背,你就会像这只灵蝶那样……"他从身上变出一只艳丽的花,轻轻挥了挥,便有一只灵蝶飞到他的手心,紧接着,那只蝴蝶被他捏成了金色的粉末,全部放进了那个银色的盒子。

我木讷地点点头。接着灵主招招手,示意我回去。

什么是灵蝶?为什么会有灵蝶?我该怎么做?

出了那扇大门,我却不想回去,我心里只想留在这里,也许真的会有什么发现。我缓慢地挪动着步子,细细观察着这个陌生的世界,努力搜索着可疑之处,没有,还是没有。失望的感觉溢出胸口,就在我要抱憾归去时,一股味道毫无征兆地钻进我的鼻腔,一种让人流泪的味道。

我闭上眼睛,顺着味道一路寻找,直到味道消失。"幕卒路,"我喃喃道。有一个竖着的牌子上写着这三个字,那块牌子已经掉漆,锈迹斑斑,牌子旁边长着杂草。这里不似其他地方,非常不起眼,整条街道只能容一个人通过,这里也几乎没有行人。我往前走,脚下渐渐显出一条发着荧光的道路,一直伸向远方一座闪着灯光的小店。

"欢迎光临。"那家小店是一家浣熊开的。他戴着小小的眼镜,看见我,先是一阵惊异,而后又恢复了平静,"小姐,这里是浣熊面馆。"他的声音有些颤抖。

我不知道自己为何到这家面馆。我现在丝毫没有胃口,觉得自己的直觉有些可笑。我对他报以微笑,转身就往回走。

"小姐,这里有你要的答案。只要……只要你愿意点一碗面。"他言语诚恳,迫切地伸出手想要拉住我,却像是受到了什么束缚,双脚留在原地,身子向前伸去。

听到这儿,我停下了脚步,折回店门口。不知为什么,自己竟然相信了他的话,可能是因为他的诚恳吧。

那家店店面不大,桌子和凳子都是用树桩做成的。每一个座位都用栅栏围起来,栅栏的周围种着花花草草,座位之间的道路铺着鹅卵石。墙壁是米黄色的，处在其中很舒服。

"给这位小姐来碗面。"听到命令，一只年轻的浣熊迅速端出一碗面，放在我的桌上。那只戴眼镜的浣熊就看着我吃面，眼神中有我理解不了的疑惑。那碗面散发出来的香味就是那股味道，是它带领我来的。我半信半疑地挑起面条，刚放进嘴里，浓厚的味道席卷味蕾，这个味道我尝过的！紧接着，我的脑袋一阵剧痛。疼痛稍微消失了些，脑海中又突然闪过我从未见过的几个画面，一个是一只年轻的浣熊，一个是梦中的皇宫，一个是一间我从未见过的房间，上面挂着许多蝴蝶风铃。

头疼又加剧了。我的脑子外面似是有一根针，它像是要冲破脑子往我体内进，我用全身的力气阻止它进入。渐渐地，身子感觉越来越轻，最后痛感竟然一下子奇迹般地消散了。

"小姐，小姐。"我勉强睁开眼睛，那只浣熊正担忧地看着我，发现我醒了，浑身放松了下来，轻轻叹了口气。

"小姐，你想知道灵蝶是什么吗？"那只浣熊站了起来，若有所思地看着远方。我毫不犹豫地点点头，充满渴望地看着他。

"小姐，请你记住什么是灵蝶，"浣熊边说边把我扶起来往前走，"请跟我来。"柜台后面的墙壁上有一个并不起眼的小洞。浣熊走向前去，他扭头看了看周围的环境，又招呼年轻的浣熊神色严肃地耳语了几句。浣熊轻轻地在小洞上画着图案，口中默念着几句咒语。突然，小洞越来越大，最后形成了一扇大门，我扭头看看，在大门形成的同时，我们的身后有水从天上倾泻下来，形成一道瀑布。这道瀑布挡住了所有人的视线，没有人注意我们走了进来。

我跟着浣熊走进去。房间里一片漆黑，只有几个玻璃罩透着光，玻璃罩里装着的正是灵蝶，一律的金黄色。

"这些是没有被碾碎的灵蝶。我费了很大力气才保存下来的，"他说，"灵蝶有人的灵性。我们就靠吸食灵蝶的灵气存活。"他走近一只灵蝶，轻说了一句："蝶开，蝶开。"一幅画面在我的面前展开，是一间教室。"我去过！我去过！"我立刻大叫起来。

"是不是闻到过一股奇异的花香？"他快速地问道。我点了点头。

他突然一动不动，像听到了世界末日。

"你确实看到了。"他缓缓地说。

"这里记载着一个灵蝶主人的故事，"他很快恢复到原来的样子，"之所以会有灵蝶，其实是人类出卖了它们。这是《历史大典》。"他从怀中掏出一本书，递给我看——

人灵契约：人类提供因情感破裂而产生的灵蝶，灵主赐予他不再感知疼痛的特异功能，自此起永久有效。

看完后，一股迷茫席卷我的全身。那个男孩为什么要说我毁了它们？我该相信谁？

"我之前也尝试过的，我想要救灵蝶。结果，我被灵主贬到这个地方。他还赐予我痛苦，我每晚都能梦到这些灵蝶主人的痛苦。"他皱起了眉头，他的眼中被恐惧占满了。

"是那种被刀割，像蚂蚁咬的感觉吗？"我自然想到了那种感觉。他轻轻地点了点头。我感觉头皮发麻。

"在灵蝶这件事情上，你很特殊。也许你可以帮我完成拯救灵蝶的梦想。"

"怎么拯救？"我迫不及待地问道，我想到了李默默和韩梦娇。

他却欲言又止。他向前走去，往前挥了挥手臂，又一扇门露了出来。他快步走了进去，那间房子里除了一个台子，什么都没有。他从台子上拿出一个金黄色的小袋子递到我的手上，郑重地说："拿着它，当你无法决定，尤其是有关灵蝶的事情时，就用它。"我迟疑了，手没有伸出去。

"我不会害你的，"他定定地看着我，"看到你，就像看到原来的自己。"

我走出了那家店，将那个金黄色的小袋子用绳子绑在腰间。还未走远，浣熊赶了出来，在我的身后大声喊道："相信自己的决定。"

三

我感到前所未有的累。

灵蝶是什么，为什么存在，我应该如何选择？这些问题一直萦绕着我，我身处一个看不清未来的路口，左边、右边的道路全部是迷雾。

如何选才是正确的？如何选才对我有利，不让我陷入危险之中？我在床上不停地翻滚，一直不能得到一个肯定的答案。我只是想着，希望这一切的惊险历程从今天开始结束。让上帝减少我可选择的路，也许一直过着平淡的日子也挺好的。

我这样想着。伴着这个想法渐渐入梦。深夜。一阵哭声吵醒了我，我揉了揉眼睛，向四周望望，并没有人啊。我刚想接着睡觉，那哭声仍在继续。我只好起身，从窗户向外看去，一个女孩正在我的树下哭泣。她背对着我，看不清模样。她的声音凄凉，增添了许多寒意。

我很好奇发生了什么，刚想出去，门口的女子又一次出现了："1068号，根据法则第208条规定：晚上不许外出。"自从我回来以后，这个女子出现的频率越来越高，只要我有违法的倾向，就会被及时禁止。

"我……我要收集灵蝶！"我确实看到了灵蝶，在那个正在哭泣的女孩头上。那只灵蝶是枯黄色的，似乎一阵风都能把它吹破。

"回去。"女子无情地说道。紧接着房间里响起了警报，我赶紧跑回床。我躺在床上，再也睡不着了。又是选择！我气愤地敲打着床板，在床上快速地滚来滚去，然而那哭声却一直撞击着我的心脏，我觉得自己快要受不了了。"相信自己的决定。"我的脑中冒出了浣熊的提醒。我的决定，我叩问自己的内心，它告诉我，我要看一看，我一定要看一看。

我妥协了。我承认，我确实想看。但是另一个方面，我不想违反法律。一定有一种办法可以让我不出去就可以看见，这样，应该不算违规。我又一次想到了浣熊，我尝试学着他轻声念着咒语，令人欣喜的是，画面正逐渐展开。

李默默：

我叫李默默，人如其名，默默无闻。名字不引人注目，成绩不引人注目，连长相也不引人注目。坐在全班最后一排，连和同桌的交流也是少之又少，几乎没有朋友。

我特别羡慕那些身边有大量朋友的学霸、女神，但是我知道自己做不到，因为我生就了那种默默无闻的性格，我以为生活会这样进行下去，但是他出现了。

"嗨，你好，我是夏子恒。"我微微抬头，有些惊讶，他怎么来了？又高又大，是本班公认的小男神。只见他帅气的脸庞面带笑容，正向我友好地打招呼。这是我做梦也想不到的，我只感觉脸上烫烫的。

"嗨……嗨，我是李默默。叫我默默就好了。"我轻轻抬起头，不敢直视他。

"我刚才看你摔倒了……你的腿还疼吗？"他的声音甜到心脾。又提及那件尴尬的事情，我不知所措，立刻低下了头，轻声说了一句："好，好多了……"

"看，我坐在那儿"，他向对面指过去，"从今以后，你不再是一个人了，以后如果需要帮忙，直接来喊我吧。"

"这……"还没有等我答应，他伸出了一只手，我大脑还没有反应过来，手已经伸了过去，我们俩友好地握了握手。"就这样答应了啊。"他笑着离开了。

我呆呆地看着自己的手，难道这就是男孩子和女生谈话的方法吗？真的是很简单啊。我正想着，夏子恒又扭头回来了，我有些尴尬，习惯性将自己的脸遮挡在刘海下当掩护："什……什么事？""今天晚上，我带你回家吧，你的腿走路不方便。""啊……？"我还没有反应过来。"就这样决定了！"我还没有拒绝，夏子恒就走了，我莫名地开心起来。

一下午我都因为这件事有些激动和不安。激动，是因为我可以和小男神一起回家，我甚至有些感谢老师让我抱作业，让我摔倒了；不安，是因为我一直在回想刚才在夏子恒面前的表现，生怕自己有不得体的地方。

总之，我感觉世界就这样明媚起来了。

夏：

要说起我第一次注意到李默默，就是因为她的腿摔伤了。

那一次刚和几个哥们儿打球回来，发现有一个女孩低着头默默地抱着一大沓作业，那沓作业和她瘦小的身躯比，看得真让人怜惜。"哎，这不是我们班的默默吗？她抱作业啊，真很稀奇哎。""不过，这么多作业，也不找个朋友来帮忙抱，一个人能行吗？""那我们去帮忙呗。"我说。我有些担心，刚准备过去帮她，"砰！"一声，作业散了一地，她的腿也不幸地直直磕在地上。她来不及看自己腿上的伤势，就开始捡作业，周围很多人视而不见，只有几个人过来帮忙。我赶紧跑过去，帮她递着一本本的书。过了半晌，终于捡完了。"谢谢。"她稍稍抬起头，因为她的刘海太长，只能从刘海后隐约看见一双眼睛，不知怎的，我竟看见了她眼中的孤独。

刚上课，便气喘吁吁地跑进来一个女孩，我认定，那就是默默。我无意间瞟到她的腿上有伤痕，而且看得出用纸巾草草地擦过上面的血。

默默很快回到位子上去了，但是她的身影一直留在我的心间，这让我感觉难受，我突然涌出一股同情之感，不管怎样，我都要关心她。

李：

我步伐轻盈，期待着后面的一声呼唤。

"默默，等一下，我们一起回家吧。"终于听到了！我带着笑意扭头，我期待的脸出现在面前，我有些不好意思，稍稍低了低头，将脸埋在刘海下。我轻声说："可，可是，我们的家可能不在一条街上吧……还是算了吧。""哎呀，你的腿都那样了，还想怎么样？送你回家，这多大点事啊。"他推着我的肩向前走，很快就走到车棚处。他怎么知道我是骑自行车的？难道是一直关注我吗？我有些惊讶。

"我骑自行车了，你骑了吗？"夏子恒问我。我心中松了一口气，原来他不知道我骑自行车了，但是我又有些失落。

我抑制住自己的情绪，"嗯，我骑了。""那就把车停在这里，钥匙给我，我骑你的车，带你回家。""那，那你，你的自行车怎么办？"我有些担心。"没事，我的车在学校放一晚没事，我送你回去后，我再走回去。"我有些说不出话，心里一阵异样的感觉，酸甜酸甜的，从未有过。

天上繁星点点，街灯洒下迷人的灯光。夏子恒带着我赶在回家的路上，你一句，我一句，聊一聊班上好玩的事，谈一谈自己以后的志向，说一说有关老师的趣事……从前觉得漫长的路程今天变得如此短暂，但是我和夏子恒确实距离拉近了一点，至少我可以正视他了。

这是我上初中以来，过得最开心的一个晚上。那个叫夏子恒的男孩似乎走进了我的心里。

夏：

李默默真的是人如其名，是一个害羞的小姑娘，也不善言语。

她的心理防备真强，我好说歹说才让我带她回家。

没想到我和李默默的家是一条街上的。我也省去了往回赶的时间。

"你知道我们班的黄安琪吗？"我打破了尴尬的气氛，开始聊天。"不，不是太了解。""那你知道李羽吗？""不……也不是很认识。"我有些无语了，该找个什么话题呢？

"要不我们聊一聊钱梦瑶吧。"李默默竟然主动开始对话，我看见李默默脸上露出向往的神情。钱梦瑶是我们班女生中最受老师宠爱、学生人缘最好的"五好少年"。"好吧！"我很诧异，原来李默默也不是很孤僻。

就这样我们开始聊天，由此一发不可收拾。李默默的话匣子一打开，就像大坝开闸放水，那话像滚滚流水，奔涌而来。我了解到，她最爱的就是学校里的梧桐树，因为她可以内心平静地看着这个喧嚣的世界；她最喜欢的就是童年的时光。过了一会儿，她脸上洋溢着开心与满足。默默的朋友很少，似乎永远都是一个人，欢笑一个人，悲伤一个人。

看来我的直觉没错。确实，她没有真正的朋友。那么，让我来当她的朋友，让她感受到友谊的美好。

李：

"我喜欢你。"我永远都忘不了那个时刻。夕阳西下，夏子恒露出天使般的笑容，他的眼中充满期待，竟然期待我的答案。

我正准备回答时，耳边突然响起熟悉的闹铃声。我猛然睁开眼睛，原来只是一个梦，一个甜蜜又不切实际的梦。像他那样的好学生，怎么可能呢？我心中暗暗提示自己，但是又在不住地回忆，我到底是怎么了？

从那天起，我剪短了刘海，不断地在镜子中练习微笑；从那天起，我决定我的世界只为他一个人开放。

也是从那天起，我开始天天跟在夏子恒的后面，决心做一个忠实的"粉丝"。除了男厕所我去不了，他在哪我都跟着。我并不是狗仔队，只是我跟在他的后面就会有安全感，这是我体现重视他的方式，体现他在我的心里有地位。

今天，我准备做一件大事。

我并没有等夏子恒，而是径直到了一家精品店。我左挑右选，终于选中了一个画着花的贺卡。我满心欢喜，暗暗筹划写些什么。

不错，明天就是夏子恒的生日。我也不知道自己是怎么了，竟然这么大胆，想要写一封信。我的语文水平差不说，连字也写得草飞鸟舞。

刚回到家，我就开始拿出一沓纸打草稿，这么说也不对，那么说也不好，一瞬间我有些恨自己写作水平太差，终于费了九牛二虎之力，才编出了短短一百字。我仿佛掏空了所有的力气去写这封信，生怕它没有表达我的心意，又用了所有的精力去誊抄这封信，恐怕我在考试时，也没有那么用心。

写完后，我越想越不对劲，拿起笔，写了一行小小的字："已知：我喜欢你；求证：你喜欢我。"

夏：

李默默的变化速度之快令我惊讶，我真心为她的改变而开心。

她像一个小跟班一样，我到哪里她就到哪里，她也因此认识了我的一些好朋友。"你跟她的关系真要好，看得我们羡慕嫉妒恨呐。"听到这里，我的心中有一丝雀跃，那是，我的人格魅力当然好！

我看出李默默很依赖我。"有什么烦心事就和我说吧，我们毕竟是朋友。"我对她有一种莫名的责任感，出于此，我这样对李默默说。从那以后，她有事就来找我，一来二去，她将肚子里的各种苦水全部倒了个遍。比如，班主任今天对她使了个眼神，她会担心半天，这个眼神是什么意思；她昨天晚上做了一个怪梦，很担心，甚至躲在被窝里哭了一晚上；今天遇见小学同学和她打招呼，但是小学同学不理她，她一直在想自己哪里做错了……我也只好成为一个修补匠，这里补补，那里修修，叮叮当当作响。

帮助默默解决她的难题，能使我产生幸福感和成就感。

李：

自从我把礼物送出后，每天就分外关心夏子恒的动作。时常会不自觉地脸红心跳。

虽然每天还是和夏子恒一起玩，但是感觉还是不一样了。我感觉夏子恒有些疏远我。

难道是因为那封信的缘故？

我不敢问，怕自己得到不满意的答案，也觉得难以开口。

渐渐地，夏子恒越来越疏远我。他仿佛离我有一座山的距离。像往常一样，课间操我喊夏子恒一起下楼。夏子恒磨磨蹭蹭的，我就先出教室，在外面等待。终于，夏子恒出来了，但是，他丝毫没有注意到我的存在，竟然和另一个男生径直往楼下走。我的心里非常难受。"夏子恒！"我大喊了一声，那声呼喊被人潮的高声喧哗掩住了，没有到达他的耳朵。我就那样，看着他越走越远，眼眶突然湿润了。我在心中不停地重复：你为什么不理我，你凭什么不理我！

如今，我好像又回到了以前的日子，一个人独来独往。整天，我只能远远地看着夏子恒和别人在一起嬉戏打闹，却不能再接近他。我感觉心里抽出了什么东西。

那一夜，我哭了，几乎是一整夜。

第二天，我望着自己红肿的眼睛，终于下定了决心。

那天下课了，我立刻跑到停车棚等着夏子恒。许久，那个熟悉的身影出现了。"夏子恒，我想问你一个问题！"

夏子恒磨磨蹭蹭地走过来，我感觉心里难受极了。

"夏子恒，你看到那封信的最后一句话了吗？"

"啊？什么信？"夏子恒满脸疑惑。

"你撒谎！你就是在骗我。我给你的生日礼物，里面有一封信！"我大声地吵嚷着，我的眼睛充满愤怒。

"真的没有什么信！"夏子恒也有些愠怒。

我的绝望冲昏了头脑，一下又蹿到了眼睛里，眼泪随之流了出来，"夏子恒，你是不是不在乎我了？也许你最开始就厌弃我了！"说完这话，我什么都不看，什么都不想。一转头，一闭眼，就往前冲，我想甩掉心中的石头，那块石头是孤寂，是压抑，是悲伤。但是无论我有多使劲，仍然无济于事。许久，跑累了，我坐在地上大口喘气。半晌后，我开始大喊，开始大哭，开始放纵自己的情绪。

以前，我总是在隐藏自己，我害怕和别人交流，害怕有人知道我的情绪，却又不断渴望有人能够了解我的情绪。我现在只希望有人能回答我，什么声音都行，只要能让我诉说心情。我等了许久，也没有任何声音回复我，一阵寂寞包裹着我。我缓缓站起来，打了一个冷战，有些不知所措。

夏：

时间一长，她天天跟着我，让我感到莫名的厌恶。我总感觉有一双眼睛在背后死死盯着我，让我没有了自由，干什么事情都不方便。她会因为你多和别人说一句话，和别人多单独玩一分钟而失魂落魄，会让你感到愧疚。不仅如此，我一闲下来，她就找我谈心，开始向我倒苦水，但是我不是排水系统，那么多的水，只会让我的心变得压抑、难受。

我现在所能想到的方法就是——躲。

其实，我的策略很简单：她越是想和我待在一起，我就越是不让她如愿。我明白了，距离真的可以产生美。

又下课了，我叹了一口气。我不知道今天又该用什么拙劣的借口来躲她，当我看见默默站在车棚下，我已经想好了借口，甚至连绕道回家的路线都计算好了。

没想到默默竟然问我的是信，天地良心，我真的没有看到那封所谓的信。我随便一句话，又把她给惹哭了。我是又无语，又愧疚。

明明是她的错，我为什么要愧疚？

回家的路上，我反复地思索。真的，连我自己都没有想到默默刚才的反应那么激烈，我立刻后悔了，心里很不是滋味。

我真失败，让默默受到这么大的伤害，连我的初衷都不能实现。本来想给她带来快乐，却送来的是痛苦，真是成事不足败事有余！刚才我眼看着她疯狂地跑开了，有一种罪恶感在我的体内蔓延。"真的是我的方法错了吗？我究竟该如何对待她？"

四

"李默默"，听到这个名字我感到激动，原来这就是缘分。"1068号，违反守则第3条：禁止查看灵蝶。禁闭10天。"

"这样做还是引来了禁闭，我想到了刺耳的声音，还有灵主。"我立刻警惕起来，怎么办？我不愿再受折磨，可没有其他的地方容我逃生。

我的手突然摸到那个金色袋子。如今只能死马当活马医了。我立刻用手打开袋子，里面是一包金光闪闪的粉末，我尝试着拿出一些粉末，还未近距离接触，我已感觉天旋地转。

我在哪里？我本能地动了动身体，完全动不了。我张了张嘴，也不能说话。我到底在哪里？我会不会已经被灵主捏碎了？

"宝贝，你喜欢吗？"一对夫妇带着一个女孩走近了我。那个小女孩睁着天真的大眼睛看我，用手轻轻摸了摸我，开心地跑回那对夫妇那里："妈妈，这个沙发我好喜欢。""我是沙发吗？我一定是转世了。"

很快，我被这一家买下放在他们的新家里。我的位置正对着电视墙，可以看见上面挂着一张全家福，三个人露出温暖的笑容。

我对自己既充满怜悯，又隐隐感到侥幸。"既来之，则安之"的道理我总还是懂的，如果这就是命运，我只能接受。至少比收集灵蝶的日子好多了，还有人会喜欢我，还可以看着这个家庭的温馨生活。

很快，我便适应了自己的身份。但随着日子一天天过去，家里的欢笑也在渐渐变少，连我这个沙发都感到气氛有些不太对。

"这是我的错，还是你的错，啊？"女孩母亲的声音带着哭腔，她有些忍不住了，声音大了起来。

"你小声点，孩子……孩子……"父亲不自然地扭扭头，宠爱地看着正在看电视的女孩，边说边将母亲往房间推，"让孩子听见了不好。"

门关住了，但是挡不住母亲的河东狮吼："你这个忘恩负义的人！天天……"声音再一次压住了，紧接着就是杯子破碎的声音，男人忍无可忍的骂声，还伴着时断时续的哭声。

坐在我身上的女孩竟然无动于衷，仍然看着动画片。我好奇地看着她，半天才发现，女孩何尝未听见他们的吵骂。虽然眼睛一直盯着动画片，眼泪已经不自主地啪嗒啪嗒落了下来。她的脸渐渐变得狰狞，她用枕头蒙住耳朵，身上还有些瑟瑟发抖。

这样的场景越来越过于频繁，几乎每过几天都要上演一次。

后来，女孩的父亲便几乎不再回家，即使到家也是喝得大醉，不时会发几句牢骚，母亲也不怎么理睬他，任由他在地上睡着。

再后来，父亲再也没有回来过。

那个女孩似乎知道了什么，从没有问妈妈，爸爸去哪里了，只是一夜之间，她的眼神中增加了我不懂的深邃。

那天，天很阴，空气似是浓稠地带着血腥，闻起来异常难受。

那个女孩夺门而入，眼睛已经因为长时间的哭泣红肿起来，她蜷缩在我的身后，缩成一团，绝望的寒气从她的周遭散发出来，她也许哭了很久很久，哭到浑身瘫软了，就从沙发坐到地板上。她缓缓从身上摸出一张照片，那是她和父亲的合照，她摸着父亲的脸庞，动作十分轻柔，指尖有些颤抖，生怕他会突然从照片上消失。半晌，只是无助地说了一句："你们为什么会这样？你这样走了，真的对我如此狠心啊。"紧接着又哭了起来，我注意到，她的手上有点点血丝。

她似乎脱胎换骨。女孩剪了短发，变得沉默寡言，爱上了画画。我才知道，女孩就是李默默。

后来李默默搬家了，按照李默默妈妈的话说是要换个环境，这里有太多伤心事。

李默默真是个念旧的人，竟然将我这个老沙发带上。

我又一次看到李默默久违的笑容是在一个晚上，她的脸上带着红晕，眼神中散发出的是暖光，动作也变得轻松许多。不过很快她又伤心欲绝。"夏子恒，夏子恒。"她不断地重复着这个名字，这句话里包含的是不舍，是绝望，是不解，还有深深的依赖。她又哭了一夜。

我的心"咯噔"了一下，我觉得自己没有转世。

"1068号，回来！回来！"是灵主的声音，他的声音里有着少见的柔情。突然我感觉身上轻飘飘的，随着声音越飘越远。

我再次清醒时在灵主的皇宫里。他还是那副表情，只是眼角有不易察觉的恨意。"我已经警告过你，"他的声音冰冷，"你总是想要包庇别人，可是却自身不保，真是傻得可怜。"他并没有望向我，只是不停地摆弄着那只正匍匐在他身上的黑猫，他正在给那只黑猫缠绷带。但是，我觉得，这话是说给我听的。

我的脊背上一阵冷气吹过，禁不住挺直了身子，等着灵主的最后通牒。

"这是最后一次。"声音不带任何情感。他的眼光逐渐从黑猫身上转移到我的身上，那只猫似乎因为伤口太疼，不停地发出呜咽的叫声。那种声音让我感到莫名的悲凉。

"对不起，灵主。我不会了。"我说得很小声，连我自己都有点不相信这话，"灵主……"我知道自己的这个要求一定会被拒绝，说不定还会有处罚。

"灵主，李默默她……"刚说出来我就后悔了，因为我看见就在同一瞬间灵主的眼神，是一种充满厌恶的表情，我从来没有见到过。就这样，他望了我几分钟，变了一张脸，挂上了原先的面无表情，甚至我看见了他嘴角一丝揶揄的微笑。

"我不喜欢杀生。尤其是自己的人。给你看个东西，我希望你看到以后，放聪明一点，希望最好以后不再看见你。"

他一挥手，左边的一整面墙变成了一个大屏幕，李默默就在屏幕当中，她似乎在上网。她的网名是迷路。

这次，她上网遇到了一位特殊的网友。

这个好友填写的加友原因是："迷路，我要给你讲个故事。"李默默的眼神闪过一丝讶异。犹豫半响，按了确定键。

这位叫明灯的好友，并未像其他的网友一样以自我介绍或者打招呼为开头，他只打了一行字："默默，看完故事，夏子恒会回来的。"我感到惊奇，下意识地看向灵主所在的位置。

紧接着，那个叫明灯的网友开始讲述故事："有一只鸟儿，它有自然界最好听的声音，而如今，它被关在笼子里养着。养它的主人家待它不薄，整天好吃好喝的，只要求它能每天放声歌唱。起初，这个鸟儿十分感激主人家，觉得因为主人家它再也不用辛苦觅食了，它决心为主人家歌唱一辈子。但是时间一长，它便开始向往自由。它发觉，这小小的笼子虽然舒适，却总是不能让它真正的快乐。

"有一天，主人家出门办事，却忘记关住笼子。鸟儿知道这是它逃跑的大好时刻，便毫不犹豫地飞了出去，很快，就在树林中找到了自己的新家。但是鸟儿在外的每一天，都没有想象中的开心，逐渐地，她的心中反而有了愧疚感，她一直都在想它的主人家会不会为它担心，它也很懊悔，自己许下的诺言都不能完成。终于，它决定回到主人家去看望他们。

"'咕咕……'它用美妙的歌声向主人家诉说着它的思念之情。主人家正好站在庭院中，听到了久违的歌声，有些难以置信，一扭头，看见了那只昔日在笼子中的鸟儿，眼眶湿润了。鸟儿竟然回来看她了！主人家赶紧进屋，双手拿着东西走出来。左手，拿的是它爱吃的东西，右手——是它曾经居住的笼子。

"鸟儿一看见右手的笼子就感觉惊恐，便往外飞。主人家似乎明白了鸟儿的想法，着急地向鸟儿大声地说：'我再也不会用笼子困着你了，我的朋友。你看，今天我就把它给扔了！'说罢，就把笼子往地上一摔，笼子坏了。

"从那天以后，人们经常可以看见那只鸟儿和主人家一起，鸟儿正在快乐歌唱，主人家正在快乐地笑。"

"你是谁，还有，你为什么要帮我？"默默急速地打下这些字。

"你很快会明白的。"

从那以后，这个叫明灯的网友头像再也没有亮过。

第三章

一

"你应该清楚了，李默默已经有人帮助，你根本没有必要用自己的命作为冒险的筹码，来进行你所谓的救赎……你也应该很清楚，你再违反一次的下场。我不希望下一次看见你时，已经是被销毁后的新的一副模样。"灵主的声音渐渐低沉，像一根刺划破我的心，"1068号，听明白了吗？"

我惊恐地点点头，不敢再说一句。

是的，我不能再想关于默默的一切了，是的，李默默已经有人照顾了，是的，我内心深处是不想被销毁的。

日子又平淡下来，这日子平静得让人怀疑之前所发生的一切。也许这辈子，就只能这样吧。我的心里涌出的一半是苦，另一半竟是幸福。

事实证明，我的想法很有问题。

那熟悉的哭声又一次把我从梦中拽醒。我不看就知道，是李默默在下面哭。我将枕头和被子狠狠地盖在自己的头上，捂住自己的耳朵。"绝对不可以再帮助她。再去关心她，只会招来自身毁灭。"我心里越是反抗，就越感到无力。那哭声像是一根锋利的剑刺穿了我。不是说已经有人照顾她了吗？为什么她还在我的树下哭泣？为什么会这样？"还是放不下。"

我为什么感到悲伤？我知道，我心里已经做出了决定，我要去帮助她。也许，上一世我真的欠她一条命。但是我为什么悲伤地流泪？也许是为我自己所流的。我就坐在床上，任由眼泪不停滚落，打湿我的衣衫，打湿我的床。我抬起头，环顾四周，虽然一片漆黑，什么也看不见，但似乎我已经看见那一张桌子，那一扇窗。那里都曾留下过我的印记。"也许，再一次见面，我将不会认识你们。"

我站起身来，好好地理了理自己的衣服，郑重地鞠了躬。

我要和这样的生活做永别了？

我不回头地向门外走去，那个女子又一次出现在门上，发出严厉的警告。我还是被惊了一下，但随即恢复了理智，冲破了那个女子的幻像，在门被锁上之前冲了出去。我也不知道自己在做什么，只是直觉告诉我，这样我就会真真正正地认识李默默，感受她的一切。

我飞得很快，似是害怕有人会抓住我。我飞向李默默头上的灵蝶，一股熟悉的香味再次浸满我的嗅觉。

二

这一次的景象变了，教室的环境也不同了。原来李默默换学校了。

李默默头上的蝴蝶是淡蓝色的，那只蝴蝶在她的头上跃动，似是在挣脱什么。

如果说蝴蝶的出现是因为矛盾的出现，那至少应该还有一个人的头上有蝴蝶才对。

当我急切地环顾四周，拼命寻找时，另一只蝴蝶的出现证明了我的猜想。另一只蝴蝶的主人出现了。是一个长相清纯的小女孩，皮肤白皙，明眸皓齿，眼中有着青春的活力。她看见每一个人都报以微笑，那笑足以融化整个世界。只有当她经过李默默的时候，蝴蝶才会陡然变大一些，它的光芒才会更加刺眼。

"林子萱。"李默默轻轻唤着那个小女孩的名字，失望地发现自己还是被无视了，她害羞地低下头，陷入沉默之中。

这古怪的气氛让我也感觉不舒服。很快上课铃响起，随着老师开始滔滔不绝地在黑板上板书知识，李默默也开始了地下活动。

她的爱好改变了。我以为她会拿出一本画册，然而并不是。那是一本破旧的日记本。她的书桌里塞满的不再是绘画工具，而是一个个被揉成团的废纸。她在书桌里寻觅了半天才翻出日记本。

她快速地翻开空白的一页，趴在桌子上，用手臂圈住纸，再将头遮蔽在纸上，形成一个堡垒似的造型，生怕日记本逃走一样，唰唰地开始在纸上写字：

"我感觉自从她的生日以后，她就像变了一个人一样，将我疏远了。刚才我还傻乎乎地尝试着去喊她。我早已经知道她生气了，却还是心中抱着一丝希望，我真的是太蠢了。

"但是更蠢的是，我到现在连她生气的原因都不清楚。最近我确实认真想了又想，感觉自己根本没有什么事情做得不对，但是若是做得对，她又怎么会对我这样？

"我想可能是她这几天遇到什么不顺心的事，就想发泄出来吧，过几天应该就可以恢复了，因此没有特别在意，并且刻意疏远她，让她有足够的空间恢复心情。

"前几天，我和妈妈大吵一架。妈妈说要带一个叔叔来家里吃饭，我知道她说的是谁，就是那个没事就向妈妈献殷勤的男人。我也知道，她是什么意思。我告诉她，我不想要那个叔叔。妈妈只是说，你这个孩子为什么不知道念点别人的好，人家大老远的从美国给你带来什么进口食品、高档衣服……这么任性，什么事情都顺着你。我说，我只要爸爸。我妈妈一听那个名词，立刻生气地说不出话来。是的，我每次和她吵架都是因为那个所谓的叔叔，每次我都会用爸爸来攻击她，永远是一招致命。吵到最后，我破门而出，赌气在我家楼下待了一晚上，不愿回家。她永远不知道爸爸在我心中的分量……我很痛苦。我在楼下碰巧遇到林子萱，我不知道自己是怎么了，情绪就是那样失控，我说了她，我很后悔。

"那是我唯一一次对她说那么难听的话。但是后来我向她道歉了，她原谅我了啊。我们为什么还会闹僵？

"我们还从来没有闹过这么僵。这一下，让我有些手足无措。最后，我决定冒险刺激一下她，想让她重新重视我。我写了那一张纸条，在她下课出去的时候，悄悄塞在她的笔袋里。可她竟然在背后说我的坏话，当我从别人口中听到她对我的形容——自私、虚伪、脆弱的时候，我的心'咯噔'一下，仿佛跌入深渊。"

今天的天气很是奇怪，刚才还是晴空万里，接着又变成乌云密布。两种天气互相交织，最后还是下起了大雨。雨越下越大，我的心情也和大雨一样越来越烦躁，到现在也没有弄清李默默和那个女生之间到底发生了什么。

我的耳边吹起一阵风，紧接着这股气流越来越大，形成了巨大的漩涡，我眼前的画面像是一张张纸片，轻而易举地被卷上了天空，那巨大的漩涡中间是黑色天空，树木、校园全部被吸了进去。我紧紧地抓着讲台的一角，下半身已经腾空，我拼命地挣扎不想被吸进去，但是那漩涡似是一双无形的大手，慢慢剥离我紧抓的手指，最后还是被吸了进去。

眼前的黑暗过了许久才消失，出现了一个大花园，一束束金灿灿的光芒从透明的玻璃上倾泻而下，照耀在一簇簇盛开的花团上，鲜花上方还浮着金粉一样的物质，我好奇地伸出手去抓，却像是透明的，怎么也抓不住。

"你醒了。"那大提琴般的声音再次响起。我的眼前一黑，往后退了几步，"不过，你真是有能耐，竟然想钻进幻境里。把你弄出幻境知道有多难吗？"他正在摆弄一朵艳红的花，仔细看会发现那朵花正在滴血。

"灵主，我无法控制自己不去想……灵主，我已经做好准备。如果要销毁我，就请来吧。"我的声音异常坚定，抬起头盯着他的眼睛看，我相信这一刻他一定看到了我的坚决。

"哈哈……"他冷笑起来，笑声越来越大，他弯下腰，也盯着我看。他深棕色的瞳孔让我想到了海沟，"我不愿让你这样销毁，毕竟……你这么特殊。"他边说，边缓缓用手摸了摸我的头发，"其实，我们可以做个交易。"他在我耳边轻轻地说。那说话时的呼吸声，让我不禁打了个冷战。"看见那朵滴血的花了吗？……你知道是用来干什么的吗？"他直起身子，爱抚地摸着那朵花，自顾自地说起来："每一个愚蠢的人类都有一朵花，花朵越大说明痛苦越深，这一朵是李默默的。"他突然又转向看着我，"你可以不用被销毁。你只要拿着这朵花，去刺死李默默头上的那只蝴蝶，你就可以得到宽恕。"

"这样做，李默默会怎么样？"我脱口而出。

"你说呢？"他又冷笑起来，像是正在看着一个白痴。蝴蝶被刺死，连悲伤的情感都没有了，那只剩下没有感情的躯壳了。我这样猜测着，但不敢说出来，我怕这是真的。不管怎样，这样做就是对李默默的二次伤害，绝对不可以！

"还是请你销毁我吧。"

他脸上的冷笑消失了："真是白痴！无可救药！"

紧接着他念念有词，银色的白发渐渐漂浮起来，他的右手似是攥着一束紫蓝色的光球，那个光球越来越大，他将那个光球缓缓举起，慢慢指向我。我缓缓闭上眼睛，感受到从未有过的镇定。

"喵——"一只黑色的猫突然从花丛中蹿了出来，它的半边身子的毛似是被烧焦了，黏黏地粘在一起。它一个猛冲，扑到了我的前面，周身开始发出绿色的荧光——他正在和那只光球做着抵抗。我睁大眼睛，分明闻到了绿叶的香味——是那只猫！我的大脑已经空白，呆呆地看着向我们扑面而来的光球越来越亮。

"喵！"一声惨叫，那只猫倒在地上。它是怎么了？我跑向前去抱住它，它的身形正越变越长。

是那个男孩。原来那个男孩就是那只猫！

"快，快跑，不要回头。"他的嘴角溢出了血，他闭着眼睛，无力地说出话。我怔住了，双脚不受控制，待在那里一动不动。"快呀！"他使出了仅有的最后一点力气，睁开眼向我吼道。我反应过来，立刻向外跑去。我拼命地朝向温室花园的金色大门，我使劲地拧着大门的把手，没用，再试一次，还是没有用。我用手打，用脚踢，还是没有反应。

"你竟然还护着她，忘恩负义的东西。"圣主一脚把男孩踢开，快步向我走来，手上的光球变成了深紫色，瞳孔变成了红色，"既然他那么不想让你被销毁，不然这样，等他恢复了，我让他亲自销毁你……现在暂时在牢房里呆着，过好你的最后一天吧。"

我的眼前一亮。亮光退去，眼前是一片黑暗。我环顾四周，陪伴着我的，除了黑暗就是浓稠的腐臭味。我大口地喘气，这令人作呕的味道似是要把我吞噬。也许是在黑暗中待了一个小时，半年，一个世纪。我无力地趴在地上，脑袋昏昏沉沉的。

这就是我的人生了吗？在这里待得越久，越有想要出去的欲望，我越想要活下去。我开始哭泣，先是呜咽，再是号啕大哭。我像是要把一切的遗憾和难过一哭而尽。也许，我就不该多管闲事，也许我就不该碰那只灵蝶，也许如果没有做过那一切，至少我还会好好地活着。我承认，我后悔了。

如果说刚才哭泣还是希望有人听见，说不定还能救我出去，那么现在的一切都只是我的幻想。这个牢房里只有我一个人。

也许又过了很久。

我无意间低下头，这才发现，我的裤腿处有极其微弱的亮光。我快速地伸进口袋掏出它，是浣熊给的锦囊。"当你不确定时，就打开它。"他的话再次在我的耳边响起。我的眼中又燃起了希望——说不定它是让我出去的机会。

我沉沉地睡去，从未睡得这么香。

三

我眼前的画面渐渐清晰。这里是哪儿？我无法控制自己，似是有人在控制着我的视线。我随着控制我视线的那个"人"看清了整个环境，这是在一个人的卧室里。

"你还赖在床上，真是的。别的孩子早就起床学习了，就你这样，还想学好真是难啊。"

"妈——你别说了，起个床你都要唠叨半天，不累啊？"

控制我视线的那个人发出清脆的声音。声音中充满怒气。那个人边说边照镜子梳头，镜子里的人我立刻认出来，就是上一次我看见和李默默一样有蝴蝶的那个女孩子。

那，我是什么？她扶了扶眼镜。我的视线也跟着晃动，我立刻明白过来。

她带着我往餐厅走。"哎，你多吃点鸡蛋，我听说你们今天有一场比较重要的考试，考好点啊，回来我给你做好吃的。"

"要考不好，半年也别给我画画了啊。"半响，妈妈又加了一句。

"又是分数，除了这个，你还能谈点别的吗？"

"分数，不谈这，还谈你那个没有前途的绘画。你知道学习是为什么吗？更高的社会地位，你懂吗？"妈妈边说，边硬生生地把碗敲在桌子上，"妈妈不想让你受苦，跟我这样天天努力工作，工资也不高。"

"你能不能不说了，梦想是我的，不是你的……再说我就不考了！"我能感觉到两个人的怒气在上升。

"你不考！不考，对得起天天在外给你挣钱的爸爸吗？啊？都老大不小了，还不明白考试的重要性，你知道那关系的是什么吗？是我们全家的未来。我和你爸所有的希望都是你，你要是考不好，看你还敢回来！"那个妈妈越说越生气，连放菜的手也忘记动，就看着她的唾液满天飞。

"不回来就不回来！"那个女孩连饭也没吃，就立刻拿起书包往外走。"嘭——"一声后，世界立刻死一般的沉寂。

一天的忙碌我见识到了。

他们做卷子、发卷子，然后就开始无休止地对答案、问分数。所有人在分数上都是争得脸红脖子粗，多一分都可感觉升上天，少一分如同下地狱。唯独这个女孩比较特殊，她从来不讨论答案，也许是没有兴趣，也许是想和妈妈斗气。唯独这个女孩和李默默要好。

她们俩似是有相同点，但我说不出来。

放学了，那个女孩带我回到家，她站在家门口徘徊了许久。看着走廊的灯灭了亮，亮了灭。最终，她深吸一口气，打开门。

迎接她的是妈妈阴沉的脸。妈妈双手叉腰，眼神犀利，盯着那个女孩，像是这个女孩欠了她什么东西。

"林子萱，你还有脸回来。"

"我去考试了……"那个女孩无力地说。

很明显感觉到妈妈松了一口气，她放松地说："去吃饭吧。"

吃饭的氛围很阴沉，谁都没有说话，只听见筷子与盘子、碗敲击的声音。

吃完饭，女孩就回到房间里，她将灯关上。她爬上床，从窗户望向天空，她凝视着满天璀璨的明星，开始自言自语："星星啊，你告诉我，分数究竟是什么？学习究竟是什么？我究竟是什么？"

妈妈和林子萱的另一次争吵就在两天后卷子发下来时。妈妈拿到成绩单时声音颤抖了："为什么考这么差，你能给我好好解释吗？"

"我都给你考试了，你还要求什么？你告诉我，既然你那么想要分数，为什么你不上学，你不去自己实现？让我去实现……你就是无能！"她可以突出最后几个字，还用夸张的动作表现自己的愤怒。

这次吵架像雷阵雨。还没有几句，声音就不对了。"啪！"那是鲜红的印记刻在了脸上，"嘭"，门也跟着遭殃。

林子萱漫无目的地走，无意间走到了李默默楼下。正巧，李默默阴沉着脸下来。她们两个坐在长凳上。林子萱先开口，将她的苦恼一泻而出，但是刚说到一半，李默默就打断了她，这是从未有的："你永远不知道叔叔代替你爸爸的感受，你的事对于我而言，不过是一株浮萍，不值一提。"

"你从未在乎过我的感受，对吗？"林子萱的声音提高了许多。很快，又是一阵吵闹。

我已经麻木了，她们的烦躁我已经感受不到了。

她们两个和好后的第一次见面是在林子萱的房间里。

"这是你的礼物。""谢谢。"林子萱迫不及待地打开，发现只是一本破旧不堪的字典，里面的页数也不全。

她沉默了很久说："你……你什么意思？"她的分贝变大了，"你能解释吗？"

"晚上，看看里面的字就知道了啊。"李默默故作神秘地说。

到了晚上聚会结束，林子萱迫不及待地翻开那本字典，她细细翻看每一页，没有字迹；再翻一次，还是没有。林子萱拿着字典的手有些颤抖，她愤怒地自言自语："不要的东西给我啊，你当我是垃圾回收站吗？果然，你从来没有真心关心过我，我还以为上次的道歉是真心的呢……礼物还这么敷衍！"

从那以后，林子萱便对李默默不冷不淡。

第四章

一

"醒醒，小姐。"有人在晃我，有人在喊我，但并不是林子萱的声音，"醒醒，小姐。"突然，我眼前一片黑，腐臭的味道又一次出现，我的心沉到了谷底。我想最后一丝希望也没有了，连让我一直在梦里沉睡的愿望也无法满足。

"醒醒，小姐。"这是谁的声音？我努力睁大眼睛，在火炬的照耀下，我看清了他的长相，是面馆里那只年轻的浣熊。

"你怎么进来的？"我的分贝提高了，他立刻捂住我的嘴，说："这个密道只能用一次，是用魔法开凿出来的。"

"魔法？"我又一次惊讶。在灵界，魔法可是禁止的物品。按照灵界的历史，魔法应该早就被全部销毁了。那这魔法是？

"这是人间最后一点魔法，要用在关键时刻，"浣熊解释道，"小姐，先不要问太多，出去了再说。"在我的身后有一个不起眼的小洞，浣熊带着我钻进这个小洞，小洞狭窄到连呼吸都困难，感觉像是在碎石堆里行走，我好奇地回头，发现我们走过的路都消失了，似是从未出现过洞。

我的胳膊疼到麻木。当前面出现亮光时，欣喜的感觉让我顾不上疼痛，立刻加快了向前爬行的速度。浣熊一把死死抓住我，对我说："一旦出去，不论看见什么，都要记住往前跑，千万不能回头。一直向前跑，不要拐弯，就能跑到面馆里去。切记，跑到浣熊面馆里去。"

"跑到面馆里去，答应我。"他严肃的声音让我感到非同小可。我郑重地点了点头，他才肯放开我。

我们钻出洞。我立刻听到了凶狠的撕咬声和惨叫声。"快跑小姐，不要犹豫，求你了。"浣熊把我往前推，我猛地往前一跑，看到了发出撕咬声的是一个长着十只眼睛的巨型蝎子。它正在往我这边扑来，巨大的钳子伸向了我，我吓傻了，站着一动不动。浣熊一把推开我，不知何时掏出一把小刀，朝着蝎子扑过去。"快跑！"我机械地向前跑去，按照他的要求不再回头。但是，我的脑子里却不由自主地开始播放着并不和谐的声音——先是那只浣熊豪气的喊叫"朝我来呀，蠢家伙"，然后是蝎子的吼叫，接着便是浣熊的惨叫，一声接着一声，然后什么也听不见了。

我只能听到自己粗重的喘息声。意识告诉我，我唯一要做的就是跑到面馆。

面馆的亮光近了，我刚跑到面馆门口，腿一软，便顺势趴在地板上。浣熊老板立刻将一些药水涂抹到门口，门口出现了一层像水纹的保护膜。

紧接着，他跑向我，将我扶向椅子坐下。

"公主，我对不起你啊。"浣熊刚开口竟让我吃惊不小。

"你叫我什么？"我惊讶地反问道。今天晚上的所有惊异，都没有这句话猛烈。

"公主啊，"他老泪纵横，脸上带着我从未看过的悲伤，"公主，都是因为我，是我把你往火坑里面赶啊，我怎么对得起王后。"

我站起来，惊恐地看着他。半响，才木讷地说出："这一切，究竟是怎么了？"

"公主，唉……"他叹息道，"果然，纸包不住火。我以为我能够把你保护得很好。"他开始苦笑,不停地擦着眼泪,但是眼泪就是不听话,不停地流。

"你知道一切吗?那只黑猫,那个男孩,那个浣熊,还有魔法……这些究竟是怎么了?"我一把抓住他,开始摇晃他的肩膀,"你告诉我!"

他只是点点头。"我会告诉你一切的,"他扭头,开始往面馆里面走,"这里有所有的答案。"他招呼着我。

然而,我并没有感到如释重负。从刚到面馆开始,我的左眼皮就一直跳。

他在柜台后面停了下来。他没有去触碰那个小洞。

他快速地从衣袖里抽出一条卷轴,缓缓打开,用我不明白的语言不停地说着。紧接着,那卷轴上的文字发出金光,它们脱离了卷轴的束缚,飞向小洞。它们的字体形状不断变化着,形成一个奇怪的图形,就像是一个阵法。突然间一道金光从小洞中闪出,墙壁显现出门的框架,先是门楣,再是门身,接着是把手。浣熊轻轻启动把手,一个硕大无比的房间展现在我的面前。

我看见,用树藤编织成的发着荧光的书架一直通向顶端,顶端是用玻璃做成的,其中透进来无数条细细的光线,而其他地方便是夜空的颜色,点缀着星星;上方漂浮着许多发光小球。

他走进房间,在书柜周围转了一圈,抽出了几本不同的书。书柜后面发出机械运作的声音,书柜慢慢开启,向两边移动。书柜后面是一幅肖像画,画中的人正是灵主。浣熊将画取下,在墙壁上无规律地点了几个地方,墙壁上的一个部分渐渐变透明,变成一整块玻璃,而有一本书正藏在这面墙中。他将这面玻璃取了下来,双手再将这本书取下来,捧在手心,轻轻吹掉上面的灰尘。

这是一个精灵和人类的时代。

人类的国王墨子度是个爱探险的人。当他带领他的探险船只踏上马吉科岛时,发现了一群奇异的民族。他们身着华丽服饰,手中摆弄着一些彩色的液体,液体里不时冒出一些奇怪的烟雾,形成不同的动物形状。这些不同种类的动物在天空争斗,当一只咬死另一只的时候,战斗才算结束。他们后来才知道,这群人叫精灵,而那天是这个岛的祭礼日,纪念他们伟大的祖先。

墨子度带着自己的人，跟随精灵在岛上观光。他了解到，这个岛是用魔法制成的，这里的一切奇幻的东西，如会动的树、会开玩笑的松鼠，包括能够腾空飞翔的神奇衣物都是魔法制成的。

这一次的探险让墨子度终身难忘，也让他终身遗憾，因为精灵告诉他，这次来以后，就不要再踏上这片土地，因为他们需要的只是世间的宁静。

墨子度王位的继承者是墨子礼。在老国王墨子度去世之前，这个王国正被远古的食人兽攻击，人类根本没有抗击的能力。老国王墨子度在临死之前交代他儿子的最后一句话是："带着人民，去……去找马吉科岛。那里有拯救人类的……"接着将那份他一直珍藏的地图交给了墨子礼。

墨子礼带着军队又踏上了当年父亲的道路，也找到了马吉科岛。马吉科岛的人因为人类的再次到来而感到愤怒。互相说好的约定并不遵循。但是当墨子礼说明来意后，精灵心中的柔软之处再次被触碰。他们教给他制作击毁食人兽的魔法。但是当墨子礼将这种魔法带回人类国度时，魔法失效了。人民仍然陷入了危机。墨子礼命令士兵开始大量造船，下定决心，要带着人民逃离这片充满危机的土地。至于目的地，就是马吉科岛。

当第三次登上马吉科岛时，墨子礼说明了事情的原委。精灵虽心中不愿，但是那份善良让他们接受了人类的存在。起初，马吉科岛的精灵和人类签订了契约，要求人类不许触碰和学习魔法，这是他们的底线。

但是在岛上的时间一长，墨子礼便发现，一旦岛上有新出生的婴儿，便会有一粒种子在这个孩子家的附近悄悄埋下，随着孩子的长大，这个种子也悄悄发芽，悄悄开花。更奇怪的是，这朵花竟然和这个婴儿的情绪密切相关。如果婴儿笑，这朵花就有香味，婴儿哭，这朵花就开始流血，并且这朵花一年四季都不会凋谢。他们开始明白，也许这朵花和这个婴儿的心灵是密切相关的，因此他们给这种花起了个名字——心灵之花。

不知从哪天夜里开始，心灵之花开始被大批屠杀。其心灵之花被摧残后的人便失去了一切情感。墨子礼试图稳定民心，试图将心灵之花放在一处保护，但是第二天，总会发现守卫的士兵已经被打昏，心灵之花仍然遭受残害。当士兵苏醒过来时，却不知道昨天晚上发生的一切。

这恐怖的事实让所有人不安。他们渐渐产生了反抗之心，他们要冲进精灵的城堡，夺取他们的魔法，拯救自己可怜的孩子。他们组成了好几支起义联军，冲进精灵的城堡，胁迫看到的精灵，要挟他们传授魔法。

精灵国王大怒，说要杀尽全人类。墨子礼就在这个危急时刻，提出了和精灵国王的又一个协定：若精灵帮助人类守护心灵之花，教授心灵之花的魔法，人类和精灵再无往来。他们将土地分割成两个部分，一小部分属于人类，一大部分属于精灵。

精灵国王再三考虑，答应了这个提议。他带领精灵去寻找攻击心灵之花的罪魁祸首。他们寻遍江海湖泊、大山大川，都没有发现可疑之物。后来终于在一座小山上发现了一个山洞。这个山洞很是奇怪，光透不进去，在山洞口向内喊的声音也会削弱，还会不时发出恐怖的笑声，派进去的精灵士兵走进去就再也没有出来过。

他们不愿再损兵折将。他们用魔法制作了结界，不论山洞里有什么都将不能再出来，但是因为魔法不成熟，他们依然可以走进山洞。"请勿入内"——红色的大字标在白色的牌子上，提醒着人们这里曾发生的不幸。

说来也怪，从那以后，心灵之花再也没有受到残害。

为了安全起见，精灵国王用魔法创造了一种蝴蝶，它会存在于人类的头顶，人们可以根据蝴蝶的状况直接判断精灵之花的状态。

从此以后，按照合约，精灵国和人类国被永远隔离开。

二

人类凭借自己的聪明才智用科技推动世界的发展，而精灵仍然用魔法维持整个世界；人类凭借自己的技能开疆拓土，很快领土超过了精灵，也出现了总统制、议会制；而精灵仍然凭借着自己原有的疆土生存，信奉精灵王国。

新一任的精灵国王有三个孩子，最小的孩子是盖尔。盖尔生性调皮，不爱待在城堡中，经常偷偷溜出城堡去探险。看管他的侍女总是提心吊胆，但是真正令她们担心的事才刚刚开始。

那天，他们没有找到盖尔。他们找遍了所有盖尔可能到达的地方，都没有他的踪迹。

处在绝望中的人们想到了最后一种可能性——那个山洞。他们立刻记起来，前几天盖尔还假装不在意地询问那个山洞的故事，盖尔一定是想去并这样做了。国王派了大量的军队去了那个山洞，果然还未靠近，就看见了盖尔的精灵鞋。他们心知肚明，盖尔不可能回来了。

当所有人怀着悲痛在宫殿举行盛大的葬礼为王子送终时，教堂的门突然被打开。一个满身是泥土的孩子跑了进来，人们惊奇的发现他就是盖尔。盖尔竟然没有死，这是一个奇迹。

但是，从那以后，盖尔便像变了一个模样。他每每见到一个精灵，会用惊恐的眼睛盯着他，双手抓住那个精灵的胳膊，急促地说："不要去那个洞，千万别去。"然后他会耷拉着脑袋，眼睛半闭着，像个幽灵一样继续向前移动。他不愿意进食，经常会呓语，说一些稀奇古怪的话。

国王寻遍了精灵国的法师，但是没有一个能够解决这个难题，他们说，盖尔是一个被诅咒的小孩，应该将他关起来。国王每每听到这里，都会生气地把他们呵斥出去。

正处在无望之中时，他们听说民间流传：在一个隐蔽山林里，有一个法术高超的法师。国王便带着卫士去寻找他所处的位置，果真找到了这个法师。法师听完所有的情况，沉默了半晌，只是说，他救不了盖尔。请陛下为了整个精灵城堡的安全，将盖尔囚禁在城堡的地下室里。国王刚听完，就瘫坐在凳子上。

城堡的地下室是专门为变异的精灵设计的，他们因会危害精灵国，便被关在任何魔法都会失效的专制的地下室中。

国王回去便将自己关在房间里，当他走出房间时，便将囚禁盖尔这个消息公之于众。这个国王也许永远也忘不了，盖尔被士兵带走时，眼里的无助惶恐，他说了那段时间唯一一句正常的话："你为什么这样对我？"

精灵国王去世后，是他的大儿子卡特继承王位。在登基的那一天，正当教父将王冠放在卡特头上时，所有精灵感觉到了地下的震动。一切来得那么突然，就在教堂前面，从地下裂出了一个大口子，一个满头银发的少年飘了出来，他穿过军队，双手沾满魔法，对所有阻挡他前进的人予以最沉重的打击。他径自走向将要登基的国王，冷笑了一声："哥哥，好久不见。"接着，还未等他反应过来，将他打飞在地，自己戴上了王冠，他并没有看向任何人，只是大声宣告："我是你们的新国王。如若有反对的，就和他一样。"他将手中的魔法对准卡特，而卡特正拿着剑，准备刺向这个少年。魔法刚触碰卡特，他便随着惨叫声消失了。

从那以后，精灵国陷入了混乱。

三

"父亲，您真的要去吗？"几个孩子将这个精灵国从前的功臣团团围住。这个功臣想要去说服自己的新国王。新国王下令的第一件事情，是宣布两日后要带领人民去收集世间所有的心灵之花，获得永世不老。

精灵们从中预想到了无休止的斗争。功臣在此时唯一能做的就是去劝说。他没有能力去刺杀，不然那么多的起义军的血水不会洗刷宫殿。他唯一能做的只有通过言语让他改邪归正。虽然，所有人包括他自己都知道这只能是以卵击石。但是当年凭借三寸不烂之舌，便游走于各种各样的地方，替之前的国王解决过各种难题的他，却还是怀有一丝的期待，希望自己的话语能够打动国王。

功臣走进宫殿。宫殿里一片漆黑，没有了往日的欢笑，只剩下死一般的沉寂。"陛下。"功臣听到自己的心跳，他这辈子从未这么紧张过。

"哦，是你啊。"国王轻轻抬起眼皮，瞅了瞅眼前的这个人，"来这里干什么？"

"陛下。我知道您，您有苦衷。这样的您定不是您的本来面目。精灵都是纯洁的化身，您更是其中的一员。您不需要委屈自己，做不愿干的事。您的痛苦我能够体会，您之前一定受了很多委屈。您可跟我说，这世上，从来没有解决不了的难题，只有不肯说的人。"

"真的吗？"他把眼睛猛地睁开，"我的痛苦，你可以解？"接着就是无休止的笑声，那笑声惊动了窗外的乌鸦，乌鸦立刻振翅飞走。

"我本来以为你是这里唯一聪明的人，"他的眼睛正在变红，用犀利的眼神望向他，"结果你更是愚蠢至极。"

功臣刚想再说些什么，国王就将手一招，功臣惊恐地发现自己漂浮起来，直接向后飘撞到远处的墙壁。国王站了起来，看着倒在墙边，已经气息奄奄的功臣，若有所思地说："我的痛，你不需要理解。因为，你永远无法明白被自己的父亲关进地狱的感觉，他曾经可以救我，但是他从未这样做。"他的语调压抑着内心的激动，一阵刺骨的痛让功臣有流泪的冲动。

功臣明白了眼前的人是谁，他的话到嘴边又咽了下去。整个精灵国当时只有老国王和功臣两个人知道，其实当时巫师说除了将盖尔关入地牢外，还有一个方法，就是揪出山洞里的恶魔，用烈火烧成灰烬。但是之前那些没有出来的士兵已经给了老国王以最沉痛的提醒，在人民和儿子之间权衡，老国王还是选择了前者。但是老国王可能永远不会想到眼前的这个人竟然发现了这个秘密。

"多说无益，杀了他。他是我们未来的障碍物。"又是耳语在耳边萦绕，这一次国王依旧毫不犹豫地执行耳语的命令。

自从他掉入山洞，耳语便如影随形，这魔性的声音像是迷魂汤，不断侵蚀着国王的内心。他曾经不止一次地幻想，也许有一天，自己的父亲会带着最厉害的魔法把自己从黑暗中解救出来，但每一次都是在和耳语的恶魔斗争中昏倒在地作为结束。在无数次的希望与失望的破灭轮回之后，他不再抗拒他的要求，他渐渐学会怎样用内心的愤怒制造魔法，他学会怎样和耳语的恶魔共处。

"这正是我所想的。"一道亮光从手心冒出，这道光将这个黑暗的城堡照得透亮，宛若处在白天中。光亮消失之后，功臣早已不见踪影。

四

人类收到了最紧急的消息。

不久的将来，心灵之花都将受到摧残。

人类放弃了互相的争斗，他们现在一致的目标就是对抗精灵国王。所有的国家开始建造新型武器，派遣士兵驻守在所有心灵之花开放的地方；他们大量制造核武器，将其作为首选工具。

精灵国王为了增大自己获得所有心灵之花的胜算，将山洞里的恶魔全部唤醒并放了出来，并让他们附着在年轻的士兵身上，为了让士兵们心甘情愿地接受，精灵国王将士兵的亲人全部关起来，并扬言一旦哪一个叛变，第二天倒下的人便是自己的亲人。

他们见过精灵国王的残暴。他们没有反抗。

不久，世界大战即将打响。

人类将核武器全部放置好，只要一声令下，精灵国将不复存在；精灵国王知道将要面对的武器的威力，但是为了达到目标他无所畏惧。

很快，被关在牢房里的人们知道了这件事。

"小面，醒醒。"一个女子趁着夜深人静时，悄悄唤醒还在沉睡中的一只浣熊，浣熊手里紧紧抱着一本书。这只浣熊突然惊醒，下意识地低头看了看怀里的书。这个女子面容精致，即使披头散发、泥土满脸，也无法掩盖住动人的美丽容颜。

"明天，你必须带着孩子们跑。"女子神情严肃，"我让知更鸟去打探了，明天，他们将开战。人类的武器也会将这里夷为平地。"

"可是，王后……"浣熊欲言又止，"我们不要丢下您。"

"明天我会找老鼠小德帮忙。"女子看着窗外，温柔的月光依稀映出她的脸庞。我看不出她脸上的一丝犹豫，"我会让它带来我房间里的隐身衣，还有我私藏的一些魔法物品。……这是我和它的最后交易。我本该将它一直装在身上，现在你们就不会在这里了……隐身衣只能容下三个人，小面，精灵国的一切你都很熟悉，带好那本书，我将孩子交给你了。"

"王后……"浣熊含着泪说，他没有再劝说。他知道，王后决定的事情，无论如何也无法改变。

他只是默默地记住这张令人尊敬的脸庞。

"孩子们，想出去玩吗？马上再回来。"浣熊边说边望向那个女子，尽量压抑自己激动的语调。孩子们不知道怎么的，以前一直吵吵嚷嚷要出去的，现在却死死拽着母亲的衣角不肯松开，"我不去。母亲，您不让我们走，对吗？"那个女子看着两个孩子眼中的泪水，真想将他们搂入怀抱，不论怎样都生死与共。她还是狠心地闭上了双眼，用足此生的最大力气吼出了一句："连我的话都不听了吗？如果不出去，便不再是我的孩子。"他们哭得更凶了，但是紧拽衣角的手却渐渐松开。浣熊趁着这个机会将两个孩子推向一角的密道。

这个密道是精灵国的高级机密，除了国王和王后之外，没有第三个人知道这个密道的存在。昨天晚上趁着所有人睡熟之际，王后念出了生疏的咒语。接着她一整夜用身体堵住密道的入口，用生命去捍卫孩子的生命。她心里清楚，自己不仅仅是一国之母，更是两个孩子的母亲。她要顾全大局，又要留有私心，因此她要留在牢里，等待死神的降临。

浣熊带着孩子们刚跑出密道，密道便立刻在身后消失。浣熊看见眼前的场景，立刻明白为什么密道会存在。密道外，人类的士兵队正在周围巡逻，他们手里拿着锋利的新式武器，眼中的仇视似是要毁掉眼前的一切——也许，在千百年前，精灵王早就意识到人类也许并不会遵守公约，那么这个密道定是夜袭人类的绝佳机会。

浣熊在感到精灵王伟大的同时，陷入深深的忧虑，他们所仅有的只是一件隐身衣，要在敌人的区域活动谈何容易，完全没有生还的希望。

"轰"，一声巨响摧毁了精灵国的一切。岛的另一头除了火焰，就是浓浓的黑烟。那恐怖的温度似是将浣熊的心炙烤。两个孩子似是意识到了什么，放声大哭，浣熊眼疾手快用手捂住他们的嘴，孩子的哭叫变成了无力的呜咽，他们的哭声渐趋变小，直到累倒在浣熊的怀里。

"妈妈还会回来吗？"望着孩子渴望的眼神，浣熊机械地点点头。他心里很茫然，连自己的未来将在哪里都不清楚。

夜深了。"小面，我饿了。"孩子们相信了自己的话语，浣熊接下来要做的是在人类社会中生存下来。

浣熊决定潜伏到最近的一家人。他们摸索进入厨房，漆黑中，浣熊凭借着嗅觉找到食物的位置，仅仅是一块面包。浣熊将面包分成两半，自己摸着空空荡荡的肚子让两个孩子将面包吃完。他们在厨房里蜷缩了一晚上。

"面包呢？怎么不见了？"家里的男主人随即拿出猎枪，将枪口瞄准任何一个可能的角落，都是空无一人。浣熊看着他怒发冲冠的样子，不由地战栗起来，将手中的隐身衣更加牢牢地抓在手里。

从那以后，这一家已经没有任何放在外面的面包。浣熊面临的危机，不仅是接受挨饿的考验，更令他担忧的是小公主的好奇早晚会暴露他们的身份。有几次，小公主就跑出隐身衣的庇护，还有好几次，锅碗瓢盆就要在她的触碰下开始演奏乐曲了。于是，浣熊决定今天晚上进行最后一次找寻，实在不行，就寄居别家。他缓步挪着隐身衣，携着孩子们向前行进，每一步的探寻都是在布满"地雷"的地方行走。唯一的光源是月光，他们要不停地避开身旁可能碰响的"地雷"。

浣熊最终锁定的是柜台上的一片奶酪。位置过高，他无法触碰到。他尝试着抬起胳膊去触碰奶酪，紧接着噼里啪啦的声音相继出现，碗筷慢慢向下倾斜，"轰"一声倒在地上。楼上响起密密的脚步声，一个男人拿着猎枪走了下来。浣熊立刻带着两个孩子隐匿在角落里。男人扫视了一圈，绕着厨房蹑手蹑脚地走了一圈又一圈，抓紧的猎枪渐渐放下，待确定没有任何威胁后，他疑惑地离开了。浣熊松了一口气，却没想到，小公主轻轻地触碰一个描有花纹的瓷碗，更多的瓷碗倾倒在地。男人带着愤怒又一次出现在厨房，他踱步走在厨房内，枪声一触即发。

"呜……"哭声没有办法制止，身边的小王子哭声越来越大，男人寻着声音来到他们所处的角落。"不管是谁，快出来。"他探出脚，将枪在浣熊他们面前晃了一圈，一无所获。他再向前走去。"刺啦"一声，隐身衣被他踩裂了一条缝，露出浣熊瑟瑟发抖的腿。男人一下揭开了他们的防护罩，看清了眼前的是精灵，怒气一下上升到极点，他举起枪，手按在扳机上，咬牙切齿地说："可恶的精灵，毁了我的家园，又偷吃我的面包！"

浣熊看着他，下意识地将两个孩子往身后赶。"要杀要剐朝我来，他们还只是孩子。他们什么都不知道。"

"请你，请你不要伤害他们，求你了。"

那个男人一只眼闭上，做好了开枪的准备。"啪。"浣熊做好了离开人世的准备。

什么感觉都没有。我是死了吗？为什么没有疼痛的感觉？浣熊猛地睁开眼睛，看到了那个男人仍然站在面前，他的枪正挂在地上。

"我并不想杀害无辜……我不是因为你才放弃开枪的……刚才的空枪是对你的惩罚。"男人语无伦次地说着，叹了一口气，摸了摸额头，"过来吧。军队要是发现你，恐惧的不只是你们了。"

浣熊还未反应过来，下意识地赶着孩子们，口中不停地说着谢谢。

在人类家中，窗外的环境变化很快。越来越多的人被充军，越来越多的伤员被运送回乡，村里面的大喇叭不停地播放着进行曲，通告人们正进行着世界之争。越来越多的军队进入这个村镇，他们先是呼吁，后便直接胁迫人们加入这场斗争。这家的男人也被迫拿上自己的猎枪，踏上战斗的行列。

经过几天，浣熊和孩子已经融入了男人的家庭。男人离开前，将家中相依为命的女儿交给了浣熊。

"默默交给你了。行事一定要小心。"男人背起猎枪，深深地凝望了一眼自己的女儿，头也不回地走了，从他微微颤抖的肩头似是可以窥视男人的内心。

与此同时，因为魔法的力量仍是以一当十，人类军队还是无法抵抗。人们只剩下最后一道防线，满身是伤的战士们仍紧握着武器，做着无谓的挣扎，他们看着白色的天空转为黑压压的一片，腿打着颤，但是手中的枪仍不肯放下。"开火……"话音刚落，炮弹就把天空照得透亮，血花四溅，黑乌乌的一大片逐渐靠近，将心灵之花渐渐保卫，他们从保护膜的缝隙中钻入，黑色很快盈满整个空间。从烟雾的最中心走出了精灵国王："快点打开历史的门阀，我们长生不老，便可还你自由之躯。"耳语又一次出现，这是他们获得心灵之花的终极目的。

精灵国王将心灵之花用魔法收割，他用手掌将花朵聚拢，口中轻念魔法，手中将心灵之花碾成泥浆，随着花瓣被碾压得越多，越来越多的泥浆漂浮到空中，形成一条粘稠的柱子，随着精灵国王头顶的红光越大，天空的阵法渐渐被启动，时机成熟，精灵国王纵身一跃飞入开启的阵法。

眼前的白光好不容易才适应下来。精灵国王眼前只有一本书和一只羽毛笔，其余皆是白色。他颤抖的双手抚摸着这本书，半辈子的努力就是为了看到今天的这本书。"快点动手。"耳语再次出现，精灵国王感到他体内藏着的黑暗力量在涌动，他动用魔法将这股力量遏制在体内。

"怎么，你想违背我？"耳语中充满威慑力，精灵国王不禁震了一下，随即反应过来。原来耳语者一直存在于自己的体内。

他拿起笔，开始涂改纸上的一切。他再一次沾上墨水，这一次笔的动作更为迅速。精灵国王感觉体内的黑暗力量在向外伸出双手，一只手正从他的背部伸出来。"你为什么背叛我？"体内的耳语者使出全力挣脱精灵国王的魔法压制，一口鲜血吐在了书本上，但是精灵国王的笔不曾停止。

"我只是按照你的意志变得更加邪恶而已。"三个字，两个字，一个字，精灵国王费力地写下改写历史的话语。

"我们的交易呢？"耳语者使出全身的力气去抵抗精灵国王的束缚，但是如笼中困兽，这个曾经被自己控制的男孩竟然成为自己获得永生的最大障碍。绝对不可以！精灵国王感到背后一阵撕裂，因为剧烈的疼痛一下跪在地上，一只黑色的妖怪从脊背的血肉中挣脱而出，他渐渐越变越大，黑色的身躯幻化出两只巨大无比的手，手的目标直指精灵国王那只羽毛笔。紧接着两人进行了激烈的争斗，羽毛笔在两个人的手中交替。电光火石之间，精灵国王将手中的魔法转移至魔法笔的中间，清脆的一响，羽毛笔碎成两半，"不……"妖怪的怒气升到极点，变成一只巨大的黑色狮子，向精灵国王扑去。"你要付出代价。"精灵国王已经精力耗尽，他闭上眼睛等着命运的改变。他感觉到魔鬼的手在自己的面前，却无法触碰——他睁开眼睛，看着魔鬼身后的奇光，将魔鬼渐渐卷入其中，魔鬼却没有抵抗之力。精灵国王知道自己已经改变了历史，他肆意地大笑起来，嘴角露出一抹邪恶的微笑。

"我需要的只是这个世界而已。"他感觉一股力量涌入体内，这是从未有过的感受。当精灵国王再次回到陆地上后，用手一挥，组成了自己森林般的军队，忠实的军人们"扑通"一声跪倒在地，双手伸向天空，大声喊着："灵主万岁。"

浣熊早上起来便感觉到外面的环境有些异常。他走出去，惊异地发现天际出现紫色的云雾，正向前缓慢推进。云雾下闪电不时出现，一些小妖怪正随着云雾忽上忽下地飞动。

浣熊立刻回到家叫醒正在熟睡的孩子们，带上一点面包就往外跑去。"救命。"浣熊扭头发现跟在自己身后奔跑的默默被一只妖怪抓住了，她的双脚腾空，眼看就要被带到空中。身边的男孩跳起来抓住了默默，使劲将她往下拽。浣熊反应过来，抓住男孩的脚，齐心协力将妖怪向地下拽去。紧接着是一声惨叫，他们随着妖怪摔倒在地，妖怪忍着阵痛立刻站了起来，向前扑去，抓住了公主。

"公主。"浣熊一个猛扑,没有抓住。那个女孩被轻而易举地带到空中,妖怪飞得很快,根本不给三个倒在地上的人以反应的机会。浣熊大叫起来,不停地向上扑去,想要抓住哪怕是一丝的可能性,但是为时已晚。

浣熊呆呆地看着女孩却无法抗击。"小面。"身边的男孩拽了拽浣熊的衣角,声音中充满了不可遏制的恐惧。

一抬头,浣熊看见天边的紫色云雾近在眼前。妖怪不停地从地上抓起人类飞向天际,尖叫声和哭泣声此起彼伏。

浣熊拉起两个孩子就往后面跑,他们尽量钻进有树木的地方,用树林作为自己的庇护。

跑了许久,许久。他们的腿已经麻木了,嗓子辣呼呼的,但是不敢停下脚步。他们跑到海边的一个山洞内,浣熊紧紧抱住两个孩子,任由激烈跳动的心脏在胸膛击打着,默默等待着未来不可预知的事情降临。

"灵主,"灵主轻轻抬起眼皮,声音中无法掩饰的怒气使眼前的这个士兵瑟瑟发抖,"任务没有完成,是吗?"

"但,但是……灵主。"他看着灵主手中的魔法球越来越大,声音变得颤抖起来,"我们抓住了一个精灵。"

"带上来。"灵主的不耐烦暗示着,如若这个人不能引起我的兴趣,你便必死无疑。他紧张地站在一旁,等待着最后的审判。四个人刚被带上来,灵主的眼神随即变成了玩世不恭的微笑,"游戏开始了。"他摸着下巴,对着旁边的人说:"消除她所有记忆,一点不剩。"

很快,士兵按照灵主的要求找到了三个人。

一个黑头发的小男孩用仇视的眼睛盯着面前的这个陌生人,没有说一句话。旁边一个个子较高的女孩待在原地,眼中是惊恐,是害怕。他们身后还有一只年老的浣熊。

"你们只有两个选择,要么一起死,要么陪我玩场游戏。"灵主低头摆弄着手中的珠子，似乎在说着无关痛痒的事情。

"我们什么都不答应你。"浣熊坚决地拒绝，他警惕地看着眼前的恐怖人物，拳头紧紧攥着，手指深深嵌入手掌中。

"不识抬举。你们是唯一知道一切的人，但竟敢忤逆我，"灵主的头发渐渐飘了起来，"给了机会却不珍惜，那就遵循我的游戏规则吧。"他用手指指向四个人，转瞬间，只剩下一只黑色的猫，灵主刚才紧绷的神经放松了些，他轻轻逗弄着猫咪，猫咪将脸扭向别处，纵身一跃跑远了。

"游戏规则是什么？"我疑惑地看着浣熊，书本后面的纸张被全部撕毁。

"灵主还是发现了我带的这本历史之书，"他望向远处，若有所思地说，"那天你来我的店，我骗了你。其实，他是因为我知道历史，才将我囚禁于此，强迫我将书本撕毁……我只留下这些页数。想让我们见面却不能相认，用情感折磨我们。……可他不知道我还是带有魔法的，听说你来的那天，我用气味将你引于此。我不知道自己为什么要这么做，也许，只是想要打破他的规则……也许，就可以挽回一切。"他边说，边开始用手抓着自己的皮毛，脸上的表情越来越狰狞，"我真的是太蠢了，我这样真的只能害了公主。我没有想到这样竟然没有保护好你们兄妹俩，我愧对王后，愧对你们……都怪我。"他蹲了下来，发出小声的呜咽。

我顿了一下，用手轻轻抚摸着他衰老的毛发，轻声说道："我从未责怪过你，也许我只是做了自己而已。这也许是母亲也想看到的吧。"我想起梦中那个年轻貌美的女子。那个女子，竟然就是我的母亲。

"还有机会挽回一切吗？"他看到了我眼中的坚定。

"你和你的母亲真的是一模一样，"浣熊知道无法劝动我，定了定气，指向那本书说，"那点血迹你注意到了吗？"

"当初灵主和魔鬼的争执完全没有必要，因为灵主的功力早已大于魔鬼。他只是为了添加上那点血迹涂掉的地方。那句话说：'不能用互相解救的方式破除篡改历史。'说来也怪，盖住的，恰好是'不'字。"

"但是，胜算并不大……"浣熊的眼睛里充满着期待，他想让我退却。

"我们还有选择吗？除了向前，只能被抓了，对吗？"

紧接着的是无尽的沉默，半晌，浣熊说："你跟我来吧。"

我们走出书房前，浣熊念了一长串的魔咒，整面墙壁上立刻显现出不同的金字，他熟练地将整面墙的金字进行大范围调整，门才轰然洞开。"这是精灵族最精密的阵法，"浣熊说，"是我花了半生的精力和带来的大半数魔法制成的。"

浣熊带着我走进面馆角落里的一个小门。这个门很不起眼，不仔细看不能发现它的存在。这个小房间里有一张透明的床，上面布满大小不一的凹槽，浣熊说："金色锦囊的金粉是启动这个仪器的唯一物质。你要进入的空间我也不清楚，你唯一能做的，就是在这个空间里找到李默默，据古书记载，将金粉撒向人类就会实现救赎。……你一旦进去，不论受到怎样未知的伤害都将是真实的……公主，灵主肯定会过来找你的，我会帮你拖住他，但请你千万不要后悔自己的决定。"

我点了点头，躺在床上。金粉向天空飘去，它们打着旋地在天空飞舞。我渐渐感觉灵魂像被人抽了出来，在天空中飘荡。

当我的灵魂落地时，我从床上站起来。浣熊早已不见踪影。我走出房间，已经不在浣熊的面馆里面。我环顾四周，左边是一整面的落地窗，皎洁的月光从夜空投入我所处的环境。我踩在大理石筑成的地板上。就着较暗的光，我看见头顶的天花板十分高，右边的一面墙上挂着什么东西。

"有人吗？"我只听到自己的回声。不远处的火把突然燃起，照亮了墙壁的一角。我将火把拿了下来，举向墙壁，一幅幅画是空旷墙壁的唯一装饰物。凑近看，画幅上一条条不规则的线条似是无意间的扭动，黑压压的颜色似是无意间的选取，却让我产生一丝寒意。每幅画的左下角标注着日期，所有的画按照一天一张的顺序向前延伸。步子随着看画渐渐加快，我发现，每一幅画的颜色并未有异样，但是线条的安排产生了不同的效果，或气愤，或抑郁，我能分辨出一二。间或有着一两幅颜色明快的，但是又掺杂着些许的灰色。和着暗黑的环境，除了压抑，就是压抑。

我沿着画幅一路向前，不知疲倦地看着，看着。有那么一瞬间，我甚至忘了自己是在寻找李默默。不可否认的是，我在心中很是佩服画作的创作者。"吧嗒"，突然，一声轻响将我从画幅中抽出来。一扇小门在我的右侧开了一个小缝，微弱的光芒透了出来，似是在等待我开启。受好奇心的驱使，我轻轻打开小门，偌大的房间立刻呈现在我的面前。

在这间房屋的顶端，红色的丝线在我的头顶上相互交错，丝线上挂满了金色的铃铛。我因为害怕触碰丝线，从而引出什么不可预知的危险，不得不弯下腰前行。我往里面走去，才发现隐在黑暗的角落中有一个身穿斗篷的人，这人正拿着一只巨大的画笔在完成面前的作品。他的身边并没有灯，而拿着画笔的那只手就像是受了无形力量的指挥，迅速在纸上作画，不曾有所停顿。我将灯举起来，这幅作品和我之前看到的有着异曲同工之妙。难道他就是画的作者？我激动地再向前走去，不经意间碰响了丝线上的铃铛，发出叮叮当当的声音。我的心不由得随着叮叮当当的声音揪到了一起。

画者听到了铃铛的声音，猛地扭过头用布满血丝的眼睛盯着我，她的脸因为极其瘦削而将骨头的形状显露得十分明显，嘴里默念着："是的，你并不懂我。"即使这样，我也立刻认出她就是李默默。我抓紧了手中的金色锦囊，悄悄向她靠近，脚步尽量放得轻。

"不要靠近我。"她突然转身站起来，向后退去，双手直直地向前伸去，不愿意我靠近。

"不要害怕。我可以帮助你的。请相信我一次，一次就好。"我慌张了，没有料到我们的见面竟然如此尴尬。我越往前去，她越是往后退，我们之间的距离不断拉大。

"信任，你懂吗？"李默默轻蔑地看向我，"世界上最不可信的就是最亲的人。"

"不是的……"我发现自己并不能说出什么,脑子里只是一片空白。

"不是?那你可爱的浣熊为什么还要寻找你,还让你受这样的苦难?先前的生活本来可以平静度过,却让你卷入这样的纷争。你都没有怀疑过,自己是不是变成了达到他目的的棋子,或者,他就是灵主派来折磨你的?不要顾着摇头……还有你的哥哥,他一定还有记忆,他肯定知道一切,那他为什么不来帮你?他为什么不指引你,告诉你怎样选择才能活下去?哼,现在没有一个人是真心帮你的。连我,都不愿意帮助你……这就是所谓的信任吗?"

先前脑中对于她话语的抵抗突然失去了效用。对啊,我想,他们为什么让我单打独斗到现在。在我的心里,相比这样冒着生命危险的生活,我会更喜欢平静地度过一生吗?

李默默趁着我沉思时,已经紧紧贴到了墙壁,她反手打开背后的门,迅速钻了进去。

"不可以。"我下意识去追,没有多想,打开了那扇门。眼前出现的竟然是一所学校。现在应该是下课时间,学生们手里捧着书本,有说有笑地来来往往,根本没有人注意到我的存在,更没有注意到门的存在。我放松了警惕,迅速搜寻着一切可疑的痕迹。很快,在三楼的拐角处,李默默斗篷的一角瞬间闪过。我拼尽全力冲了上去,在她跑上四楼之前,抓住了她的黑色斗篷。

"不要走!"我大喊道,前面的人明显怔了一下。她扭头,露出一丝鬼魅的微笑,"可怜鬼。也许,你本不知道自己到底是谁。"

我愣了一下,刚才的对话又一次在脑中闪现。未等我反应过来,明显感觉到有一双手把我向后狠狠地推去。我的身体后倾,手无助地在天空摆动,想要抓住救命稻草,但身体还是不可遏制地向后倾。我真的是无能为力了,连我自己都保不住。在倒下前,我看到的最后一眼,是李默默仍然伸直的双手,而她的脸上不曾有过一丝犹豫,嘴角甚至带着嘲笑。

我的全身疼痛难忍,胸腔一阵剧痛,嘴里泛出咸咸的味道。我蜷缩成一团，想着就这样吧，连我愿意冒危险拯救的人也不关心我，也许正如她所说的，都是不可信的吧。既然不能阻止，就这样吧。不过是一死，没有关爱的人生是没有意义的，没有自己的人生也是没有意义的。

我闭上眼睛，静静数着时间的流逝，我的脑中闪出一幅幅未来的画面。灵主会带着满腔的愤怒找到我，最后他一定会找到我，他会毁了我，他会消除统治世界的唯一障碍。

灵主还是闯了进来，他用魔法破坏了门口的隐藏术，径直走向浣熊。

"你还是找到她了，对吗？"灵主一把抓住正在清扫柜台的浣熊，将他高高举起，眼睛直勾勾地盯着他，"你还是想要破坏我的游戏规则。别以为那点血迹可以改变什么，"他顿了一下，将浣熊狠狠地扔在地上，"你看好了，我会让你知道，这是谁的世界！"

灵主的银发飘了起来，他体内的巨大魔法正在蠢蠢欲动，魔法的力量让周围的物品开始剧烈晃动。他的体内不断地释放出黑气，这股巨大的气体逐渐凝结成一只只形态各异的妖怪，灵主打了一个响指，这些妖怪就像发了疯似的开始在浣熊的店面内乱撞。

"不要啊，"浣熊大叫起来，慌张地挥动着手臂，"灵主啊，我真的不知道你在说什么，我只是做小本生意的。这样……让我如何是好？"他边说边向一侧缓慢挪去，用身体挡住背后的墙壁。他做出作揖状，显得楚楚可怜。

"你让开！"灵主敏锐地察觉到，他一定是在护着身后的什么东西。一群妖怪立刻扑了上去，将背后的墙壁掘开三尺，发现了后面隐藏的大房间。灵主警惕地走进书房，除了书柜，还有不远处一个黄色头发的精灵正站在那里。灵主眼前一亮，将她吸到手中，却发现手中的不过是一个稻草人。灵主用火烧毁手中的稻草人，接着再次怒气冲冲地走到浣熊的面前，"你竟然敢欺骗我！"他用魔法将浣熊甩到墙上，让他紧紧贴着墙壁，不能动弹。他将魔力再加大一些，巨大的压力立刻扼住了浣熊的喉咙。他的脸因呼吸困难而变得狰狞。

"知道骗我的代价吗？"灵主恶狠狠地说，眼里的怒气早已将浣熊吞噬。

他艰难地扭头，不去看灵主的表情。"和那一年的回答一样，不论是什么，我都不会答应你。"浣熊痛苦地看向一角，在确认门逐渐消失后，才艰难地闭上眼睛，他微微翘起嘴角，始终不肯透露一个字。

灵主看着墙壁上的浣熊渐渐失去生机，失去了知觉，破口大骂了一声，便想向外走去，却发现妖怪们竟冲破不了这堵墙。"一群废物，关键时候全都这么弱，连个破门都打不开。"妖怪立刻向后散去，他们看着灵主的双手渐渐变成黑色，魔法球越来越大，他对准门，奋力地将魔法射了出去。经过几番轰炸，烟雾散去，大门只是变黑了许多，却依然纹丝不动。"该死的，一定是面阵法墙。该死的浣熊，最初就不该留下他。"灵主心里深知，阵法除非知道密码，否则极难破除，魔法是解决的唯一方法。灵主也知道阵法的破除需要耗费他的大半法力，但是——现在是存亡的关键时刻！灵主将妖怪再次召唤回体内，他将牺牲所有的小妖怪来破除这个阵法。

他紧紧闭上眼睛，感受魔法在手心不断聚集。魔法的巨大让他的手不住地颤抖，他口中默念着咒语，手上轻轻比划着古老的文字，突然，一阵光芒从他的眼中射了出去，紧接着，如柱状的黑色魔法朝向墙壁猛烈射去，一次又一次，墙壁正在渐渐地剥落，这间房屋也在巨大魔法的冲击下，渐渐变为灰烬。

为什么要放弃呢？轻柔的声音似一双大手抚摸着我，好久没有睡得这么香甜了。

为什么要放弃呢？这是你自己的选择啊，是一个男孩子的声音。

似是睡了许久，有人轻轻拍打着我，唤我起床。我揉了揉眼睛，抬起头。我用手挡住刺眼的光线，可以看到两个人的轮廓，他们的面容不大看得清。我试探性地喊道："我是死了吗？哥哥，母亲？"

我稍稍适应了光线，眼前越发清晰的一切证明了我的猜想。我看到他们的四周皆白光环绕，身着飘逸的衣衫。他们眼神迷蒙，充满温暖的光辉。这光熏得我眼睛湿润，一滴两滴，泪珠滚动下来，止也止不住。

"你正在通往天堂的途中，我们把你截住，"母亲慈爱地说，"这是你留下的最后机会。"

"留下？我为什么留下？"我感觉有些可笑，"我不是已经失败了吗？我的存在与否应该无关紧要了。"

"还没有结束，远远没有结束。只要你怀抱信念，"母亲说，"至少灵主还没有抓住你，只要还有一秒钟，就可以改变历史。首先，自己要有信心。"她拍了拍我的肩膀。

"信念？"我更加感觉可笑了，不觉得自顾自地笑出了眼泪，"我的存在根本是毫无意义的，我不过是被你们利用的一颗棋子而已。我的存在从来就没有过价值。"我越说越激愤，脸涨得通红。

"傻孩子，"母亲轻轻捧起我的脸，柔声细语地说，"其实，你的价值，你自己早就已经找到了，只是并没有意识到而已。你看，你并不是公主，你也不是灵主的奴隶，你就是你自己。

"还记得那场梦境，当时我让你选择吗？还记得你一次次顺从心灵的选择吗？不论受到多大的威胁，你的内心一直告诉自己要去帮助李默默，这就是你自己啊，这就是你存在的意义。顺从内心做事，找到的便是自己啊。"她轻轻抹掉我的眼泪，缓缓地说道。

"我已经尽力了。李默默就是不听我的。"

"真的吗？"一旁的哥哥用犀利的眼神望向我，"如果没有使出全力就否定自己，是不是太草率了？最失败的人不是失败的人，而是不敢尝试的人。你还有锦囊，你还有时间，为什么不使出全力？

"我一直告诉自己，我一定要保护你们。我变得顺从灵主，就是为了保护你们。我尊重你的每一个选择，尽力去做我认为对的事情。我现在虽身处这里，但是我从来不曾后悔过，因为我已经尽最大的努力去完成自己这辈子最想做的事情。"

他坚定的语气足以融化我的心。

从那一刻我才明白，原来，我从未被遗弃。一直猜疑的，只有我自己罢了。他们一直是信任我的，我没有理由不信任他们。

我擦了擦眼泪，没有说话，只是用坚定的眼神回望他们。我闭上眼睛，默默感受着身体的力量，不停地在心中重复着已经燃起的信念：我一定要站起来！为了他们，更是为了自己。我从一开始就不应该放弃李默默。

我猛地站了起来，扭头看了看地上的血迹，头也不回地继续寻找。忙碌的校园再次出现在我的眼前。李默默早已没了踪迹。我加快找寻的速度，探寻着李默默可能去的一切地方。终于，在一个教室的角落，我发现一团密密压压的荆棘团，这团荆棘和周围的环境格格不入，而且正以一定的速度快速地生长，荆棘的外面漂浮着黑色的光点，我摸着墙壁，尽量避开早已布满地面的荆棘，向着中心靠近。一阵呜咽的哭声从荆棘中央传了出来。

"李默默？"我试探性地喊道。里面的哭声戛然而止。我没有带任何工具，看了看荆棘，最后直接下手将荆棘往两边拉开，荆棘立刻刺进我的肉里，我咬着牙，忍着疼痛，看着血浸湿我的双手，不顾疼得喊叫，迅猛地钻进密密的荆棘丛。"李默默，不要害怕！"我焦急地说，我找到了荆棘团里的一个稍微宽敞的地方，艰难地在那里坐了下来，从一个较小的缝隙里看到了巨大的黑斗篷。然而斗篷里的她竟然不是李默默！

更准确地说，她不只是李默默！

她的脸似乎是会变的。她的五官不断地变化，先是李默默的脸，紧接着是叶子萱的脸，后来又是夏子恒的脸。

她无助地看着我，两只手紧紧遮住脸颊，似乎害怕自己的面容会引起别人的嫌弃。

"不要害怕。"我不敢大喘气，憋得我急促地呼吸，寻找着荆棘的突破口，蹑手蹑脚地向前进，"你还有我可以信任，好吗？"

这一次，她异常安静地待在那里。她没有躲避，也无法逃避。我看准时机，悄悄伸出颤颤巍巍、满是创伤的手，将锦囊内的金粉抓出一把，迅猛地扔了出去，正中李默默的心。

我看着她，期待着她些许的变化。一会儿，又过了一会儿，没有变化，还是没有变化——竟然是没有变化。我急了，不是说好金粉撒上就可以破除历史吗？为什么还是没有变化？

我急得快要哭了。一切就这样了吗？我想到了妈妈，想到了哥哥，想到了本来不应该放弃。

"你为什么还有信心？他们都背叛了你。"李默默半晌幽幽地说道。她将手缓缓放下，不再遮挡容颜，怒气郁结于心，亦显现于脸。

"那是因为你不了解他们，"我警惕地观察她，琢磨着她情感的风吹草动，从而不停地稳定她的情绪，"为什么要无端地猜忌呢？为什么不直接去问他们？他们一定是有苦衷的，只是你不了解。"

"了解又如何，不了解又怎样，不还是已经伤害了？"她双眉紧蹙，无奈地叹了口气。

"为什么一定要看着阴暗面呢？既然不开心也是过，开心也是过，为什么要选择不开心？不尽自己最大努力的人才是最失败的人！你现在躲在这里，只知道讽刺，才是最悲哀的。"

李默默沉默了，她面无表情地看着我。

"也许，夏子恒真的没有收到信呢？也许，你和叶子萱可以和好呢？"我壮着胆子接着说下去，"一切都是最好的安排。既然你的命运已经如此，那就学会改变它。这正是上帝的考验。"

"选择权就在你自己手里。你要会把握……"我停了下来，眼前人的不正常反应让我不敢再说下去。李默默站直了身子，双手直直地垂在身体两侧，她的瞳孔颜色渐趋于金，一缕缕黄色的光芒从她的心脏位置散射而出。突然，她低下头，一把抓住我的手臂，像是受到了什么刺激，又悲又喜，无法自已。我的眼前也出现了画面，那画面的质感就像是看老式电影。

叶子萱正在翻动着、收拾着自己的物品。自从上一次的考试风波后，叶子萱的妈妈笃定地认为一定是李默默的影响让她变得游手好闲、不学无术。为了让自己的女儿有一个更好的前途，她决定将自己的女儿带到丈夫居住的城市，花高价让她上环境更好的学校。

当叶子萱再次捡起早已放在角落的词典时，她的手指有些颤抖。自决裂后，她将家中关于李默默的一切相片、影集用一把火烧了个精光，却忘记了字典的存在。她犹豫了很久，咬了咬牙，将字典拿了起来，却无意间发现一块纸片从字典的夹层里掉落下来。

她缓缓拿起纸片，正是李默默的字迹："这是我家祖传的词典，是我奶奶给我的，我一直不舍得用，想着要送给你。今天将这本心爱之物在最恰当的时间送给最恰当的人，也是我的福气。谢谢你，让我的生命重获光明。"

读罢，叶子萱的手抖得更加厉害，她双肩颤抖，久久不肯放下这块纸片，她知道晚了，一切都晚了。

有一个男孩经常站在榕树下，他看惯了从夕阳到夜空的风景，也开始体会为什么那个女孩子那么喜欢这棵榕树。在这棵榕树下，你能看见校园里的草坪和湖水，这里因为偏僻很少有人光顾，这份宁静让你忘却一切烦恼与忧愁。男孩听到风吹草动后，总会快速地抬起头，伸长脖子想要看清到底是谁光顾这片宁静之地。一直都不是那个女孩。

过了很久很久，他渐渐明白这就是因果报应。自己想千方设百计地躲开的那个女孩，正在用相同的方式回击自己。因此他无论如何再也不能和她正面相见，不论怎样寻找都无从查起。也许她转校了吧？也许她根本不想再看见我。但是内心的歉疚一直驱使着他不停地干着蠢笨的事情：在某天，梧桐树下坐着那个女孩，他希望能够满怀诚意地向她道歉，和她好好聊聊天，谈一谈自己的想法，而不只是躲藏，让她不再因此悲伤。

可是这些终归只是幻想，一次次的希望破灭告诉他，这个女孩可能永远不再出现在他的面前。和这棵榕树诀别的那一天，他用五色的丝带挂满了这棵榕树的每一个树枝，他希望，也许有一天，这个女孩回来之后，会被这棵焕发新颜的树震惊，希望这棵树能够继续陪伴她，让她获得应有的快乐。

我感觉到抓着我手臂的那只手正在颤抖，泪珠似链子不停地滚落，很快浸湿了整个教室的地板，形成一条条流动的小溪，荆棘也在不经意间悄悄地消失，李默默所戴的黑色斗篷也在渐渐消失，我看着这幅奇景，喜极而泣！

与此同时，灵主已经打开了结界。

他隐隐感觉到了不祥的事情。他对着天空愤怒地大叫一声，白色的银发不断地被突然出现的火焰灼烧，蜷缩着形成黑色的毛发。他的身形也在发生巨大的变化，周身的黑色气息不断将灵主包裹，形成一个巨大的黑色蝉蛹。紧接着，一头巨大的黑色狮子从蝉蛹中挣脱而出，狮子灵活地转了几个圈，在浣熊店外的残垣断壁中不停地撞着，终于找到一扇隐秘的小门，他伸出两个爪子向前扑去，门立刻倒地。

狮子跳跃进入房间，远处的人就是狮子的目标。他毫不犹豫地伸出爪子去抓那个人，那个人径直向远处飞去，一抹鲜血从嘴角溢出。狮子快乐地吼了起来，紧接着开始酝酿，肚子发出了红色的光芒，不过三秒，就将肚子里的火球掷了出来，向着敌人做最后的攻击。

又是一声惨叫，眼前的这个人蜷缩起来，已经奄奄一息。狮子缓步向前走去，欣赏着即将死去的战利品，他张大嘴巴，准备选择合适的下口的地方。

但是，他的牙齿刚碰上那个人的脸，就被反弹了回来。气急败坏的狮子再一次冲了上去，这一次咬得更猛，结果牙齿被撞出了血。他不服气，再一次向前靠近，结果这次还未接近，一道光就从那个人的体内迸发而出。未等狮子反应过来，一具灵魂从那个人的身体里剥离而出，向天空飘去，灵魂周身围绕着灵蝶，更多的灵蝶从无到有开始出现，它们都在向着灵魂聚集。当中间的灵魂睁开眼睛时，灵蝶迅速凝结形成一条长长的魔法棍。半晌的金光过后，灵魂的身份让狮子吓了一跳。

灵魂竟然就是小时候的他。狮子没有动，只是警惕地看着原来的自己。

"为什么忘了自己？"灵魂质问着眼前这个不可一世的魔王，"为什么要屈服于黑暗？不是说要做探险家吗？我想象过你是什么样子的，有无数种美好的想象，但是没有一个是现在的境遇。"狮子还未听罢，便猛地向前冲去，男孩竖起魔法杖，狮子根本无法靠近他。他急切想要撕碎这个灵魂，暴躁地跳来跳去，不断发出威胁的吼叫，但于事无补。

"我要帮助世界找回真正的自己，也要帮我自己实现自己的梦想——为了国家，为了人民而战。"男孩面无表情，缓缓举起魔杖，不断地质问着狮子，"不是说好要当像墨子度一样的人，为自己的人民开拓疆域吗？你又在干什么？问问自己的内心，你开心吗？"

狮子被彻底激怒了。他的毛发不断变长，变成一条条张大嘴巴的巨蛇，巨蛇猛地向着男孩飞去，但是仍无法触碰到男孩的身体。

"看清自己吧。"紧接着，男孩闭上眼睛，将魔杖狠狠地扎在地上。

地上立刻裂开一个巨大的口子，从地缝中渗出的白光照耀了黑夜，白光之中无数的灵蝶从地下飞出，它们触碰到狮子，便变成灼热的火焰。狮子疼痛得在地上打滚，发出撕心裂肺的叫声。

在火焰中，狮子看到了从前的记忆，他看到小时候，自己正拿着一面鲜艳的小旗子，站在山头上，面对天空，自信地喊道："我就是开拓者！"他看到了小时候，父母常常轻轻拍着他的肩膀，对他说："既然找到了自己，就去勇敢追寻吧。"他看到小时候自己的一次探险中，站在一棵高大的古树上，看到世界上最绚丽的风景。

但是一切，都变为曾经。很快灼烧的感觉渐渐由身体转化为内心，内心的疼痛根本无法忍受，起初还是到处奔跑减轻疼痛，现在他无力地趴在地上，脑子里早已经一片空白。他感觉自己的身子渐渐变轻，他瞥见自己的爪子、自己的毛发，正变成一点点荧光向天空飘去。也许这是最好的结局吧，他想，他似乎看到了当初自己当上灵主时的威风，想到了黑暗中妖怪的耳语。他心里有些苦涩，到了现在，我早已不明白什么才是自己最想要的了，也许，我从未找到过自己是谁。

越来越多的灵蝶带着光芒飞出了房屋,他们逐渐向空中扩散,所到之处焕发新颜。它们唤醒在泥土中沉睡已久的种子,催促天空由黑变蓝,他们唱着让战火平息的圣歌,随着微微的风徐徐向上,最后他们不断聚集,变成天空中耀眼的阳光。人们终于可以揭下脸上的面具,终于可以重新自由地生活。

待李默默的黑斗篷消失殆尽,荆棘消失殆尽,她的瞳孔颜色也渐趋正常。她第一眼看见了我,嘴唇激动地发抖,半天没有说话,只是将手伸向了我,给了我一个温暖的微笑。我将她从地面拉了起来,带着她慢慢走出这个世界。

我能想象到,当我们出去的时候,天气会很好,人们会很好,一切都是刚刚好。

写于 2015 年夏

旅行家马奇

"旅行家马奇是我的偶像，一直都是。"

我在一个不大的城市中长大，大家都称它为异空间。不知道为什么，那个"异"字一直吸引着我的视线。吉斯长老院的那些戴着繁琐教官帽的白胡子老头一直絮絮叨叨说，我们从这里出去就会连接一个异常的空间，而我们这个城市只是其中的一个正常区域而已。我的妈妈爸爸似乎很怕我在晚上出去，因此也比较容易在晚上满足我所有的无理取闹。当天黑的时候，他们会变得非常谨慎，心中有种说不出来的压抑，感觉有个大手死死靠在我的脖子上。我有时会经常自嘲自己也跟着那群没事的大人们在异想天开妖魔鬼怪的存在，但是有时候也会在晚上看见街上那一束束绿光包裹着一个个黑色斗篷人走过，因此不寒而栗。

我们唯一与外界共通的桥梁就是马奇，他年纪轻轻，却有着常人难以想象的旅行经历，他的经历是一本传奇。

"孩子们，你们今天已经获得晚上出入的许可证了！你们可以完成自己的理想，把它实现！"吉斯长老院的演讲会还真是漫长，等待着他们把一大串对我们这些年轻人的翘首盼望和寄托念完，早已是正午。我百无聊赖地看着反射着太阳光的指甲壳，直到听到那沉重的声音中传出"理想"二字，便停下了一切，真的，可以吗？我不知道，只是心中暗暗窃喜。

第二天，天刚放亮，我背着个行李就要走。"你到哪去？饭还没吃啊。"妈妈一边手忙脚乱，一边还在唠叨，我不由地赞叹：她还真是勤快！"我长大了！您没有理由再问。您就等着我凯旋吧！"我有些自豪，认为自己将要干一件惊天地、泣鬼神的创世纪的举动，对于我这种孩子，天天满脑子想着冒险，而妈妈在万般无奈下天天请一些打扮严肃、一丝不苟的女灵师来管教我。可是我从未如她所愿，倒是那些女灵师被我管教得服服帖帖。

"我去环游世界！""啊？"妈妈终于停歇了手上的活，用手抓了抓脑袋，看看我便问，"你真打算去？那可危险哩！"

"当然。"我有些不屑地看着妈妈，希望以此阻拦她担忧的话语。妈妈听罢，便无奈地摇了摇头，用手往抹布上蹭了蹭："唉，真是拿你没办法。和他……一样。"妈妈有些留恋地看着正前方的蔚蓝的天空，愣了愣。嘴角挂着一丝微笑，"那你就去吧！看你这丫头能折腾个啥名堂？"我有些出乎意料，看看妈妈满头的黄发，不觉得有些生气。哼！去就去，谁怕谁？大不了不回来了。不知道为什么生气，但还是有一丝窃喜。

我走出门，便直直往前，没有回头。看了看远处那个有些破损的门，就有些哆嗦，那个掉了漆的白色柱子围成的场地真的可以穿越？我有些犹豫不定，但还是毅然迈进去了。我可不想辜负五年的心血！

"你真的准备出去吗？"我刚站在门前，便有一个声音冷不丁地盘旋在头顶上空。我哆嗦了一下，环顾四周，除了耸立的那座白色宝塔和川流不息的小河，并没有人。"你真的准备……去。"那个声音更低沉了些，还略带沙哑，有很强的穿透力，仿佛来自远古时代，传播出回音。我哑然，不住地紧绷着嘴唇，不觉得有些向后退。当，我撞在一个石柱上，竟然发出钟响时的沉闷声音。我眼前闪过几道白光，一个黑衣人随之出现在我对面。他打扮得很像小说中的反派角色，我不禁想笑。我轻轻"呵"了一声，以示我对他着装的评价，没想到竟然引起了他的第一句话："那个，你，对……就是你！你，你笑什么啊？是我的装扮不对吗？没有啊？"他一边结结巴巴地说，一边撩起身上宽大的袍子，左看右看。半晌，终于反应过来，便一换刚才有失风度的形象，又变得让人肃然起敬。他缓缓从头上的光圈中取下一个卷轴，那是用银色玛瑙编成的。"冒险者，请接住。这是你的地图，千万别走错路。我是斯坦丁一·杰鲁西西·仕李安琪一百六十八氏，你是这个世界第三个敢去外面探险的人，我亲爱的孩子。我担心你会出事。像你这样敢冒险的人，在这个村庄还是第一个！我们世世代代都在这里守护，但是只有你一个人敢出去，真是天大的笑话！拿住，它，还有这个，它们会对你有用的。"我接住他给的地图和一个长满羽毛的令牌，上面大大写着一个"神"，形似象形字。我将它们装入身旁的袋子，然后默默地看了他一眼，便闭上了眼睛，他也牵住我的手，走出了那扇破损的门——似乎就像事先排练好的一样。我像是做了一场梦，起来时，阳光非常明媚，而我只像是走进了远处的草地，我熟悉的村庄还在后边，并没有像我想象的那样穿越到某个空间。我有些恐慌，看着远处大片大片的草地觉得无比空虚，莫名的紧张席卷而来。我转过身来，想跑出那扇破旧的门，可是似乎那里的一切都遥不可及，不管怎么奔跑，都不可能到达。"你得去完成你的梦想啊，回去，回去。"突然，一个尖尖的声音在旁边响起，我鬼使神差般地竟又径直走了回去，回到了醒来时的那一大片草地。我不禁感觉一阵头晕，该往哪走啊？

突然，身后有一种疼痛感，我揉了揉背，竟然有一个卷轴从身体里径直地跑出来，自顾自地展开，歪歪扭扭拼成了几句话，随即升上了天空。

"这里是灵动之城的交接处。往前走，孩子，一定要完成理想啊！"

随后便又变成了几个星星，指明方向。我深吸了一口气，看着眼前的亮东西，有些难以置信。嘴巴张得老大。半晌，才反应过来，开始磨磨蹭蹭地向前走。我的立场非常不确定，哪知道自己一脚便踏进了险山恶水。就在这时，忽然吹起一阵风，刮得眼睛愣是睁不开，只觉得脚下像是踩了一个滑板，我定了定神，便小心翼翼地向下看，只见几个光亮的东西在我的脚下，两旁的风景以高速旋转的方式呈现出来，我顿时"啊——啊——"地大叫，两腿不停地哆嗦，怎么说，也应该告诉我一声啊！"嘭！"我被摔了下来，整个人趴在了草地上。我刚想找他们算账，却被眼前的一切震惊了！

一个大门足足有五十米宽，六十米高，上面有精致的米色花朵的纹路。两旁站着两只四不像的动物,一只青面獠牙,一只和蔼可亲,都长着满头红色的乱发,有着狮子的尾巴,铜铃大的眼睛注视着前方。而在大门的后面竟然是清澈见底的蓝绿色湖水,却永远流不出大门,在外面就直接被草坪替代了。它们的界限如此清晰。我慢慢走过去,在河边轻轻蹲下,看着清水,不由自主地把手伸进水里。那水像是没有尽头,我将手臂慢慢向下伸,却始终没有挨到底,明明湖水底面的沙地离我那么近。我有一些被吸引了,看着水的波纹,突然发现水中的自己变得非常妩媚。我将左手伸了出来,轻轻抚摸着水中她的脸,她似乎也没有反抗,就任我这样欣赏,一不留神,身子一倾,便向水中倒去。我顿时蒙了,眼看着水在眼前无限放大,就被硬生生地拽了回来,拽到一条红色玻璃的船上。船身雕有色彩鲜明的花纹,大气、华贵。半晌,我仍然木讷地坐着,不觉得有些呼吸急促。"唉……你是外乡人吧?你差点就丧命了。"他并没有回头,安然地坐在船头,用一个消瘦的背影隔开。我没说话,只觉得有些怪异。"你是不是卡斯棋人?""差点就完成不了任务了。"接着就是一片寂静。小船轻轻地在水中划着,有条不紊。我好奇地抬起头,只见两旁是一些奇形怪状的异兽和一些所谓的佛像,庄严肃穆,他们被困在一个个拱形中,身上披着五颜六色的衣服,旁边就用钻石点缀,外框也用破碎的玛瑙片拼接而成。一个个佛像画得栩栩如生,甚至你会发现他在盯着你看。头顶上不时有一些发出刺耳鸣叫的褐色骨架鸟飞过,所过之处都留下灰色的雾。半晌,我便有些疲惫。看着前面仿佛是个雕像的他,我就莫名地生气。真想把他一脚踹进水中,看看水有多深。我无聊地躺在红色的船上,将手又一次放在水上,看着指尖在水上拨开一层层的涟漪,舒爽穿透心底。

"把手收回来,快点!"有些严厉的声音。我下意识地打了个颤,差点忽视了他的存在。真是的,怎么看见的?我偏不!他越说,我越想把手伸向水中,就在一瞬间,突然湖面上闪出一道金光,直射入湖中,伴随着"啊——"的一声尖叫,就看见湖面上一个点渐渐变成橙色,还带着一丝紫色的线,渐渐地,那个点越来越大,将水凝结在一块,形成一个漂浮的木板。那人估摸时间到了，便戴好身边放的紫色乌纱帽，将那块还在发出一丝丝热气的木板捞起来，我看得顿时倒吸一口凉气。"还伸手吗？"那个声音略带严厉，带有一丝轻蔑，"你最好放乖点，那个家伙可不长眼。"我不吭声，乖乖地坐着，直到到达岸边后，又开始活跃起来。

"你好，亲爱的旅行家。我是村长，斯易。"那个年轻有为的村长，身后站着两名大将，大将身子并不高，但满身肌肉。村长长得还算眉清目秀，两条丹凤眼眯得很紧，两只手紧紧地拉着薄薄的衣袖，那袍子闪着一些光芒，袍子并不长，几个边还沾上一些红褐色的东西。"你好，我是比比。"我很大方地说。虽然不知道他的来意，但是心中还是无比信任眼前的高个子男孩。他向我伸出了手，将我从船上接下来，然后随手将旁边一个从远处山脉一直连接下来的长链子往下拽，顿时，身后的一切转化为大片大片的青绿色草地。雕像没有了，河水没有了，那个人，也没有了。"喂，村长，村长，那个人怎么消……消失了？""哦！你……"半晌，他轻轻地俯下身来，盯着我的眼睛，"他啊，他去完成自己的事情了。像他那样的人，只能那样。呵呵。"说毕，便猛地直起身来。"哦……是这样啊！"我有些摸不透，自言自语道。"跟我一起走，我带你去房间。记住，一定要跑得快。"村长边说边转过身来，和身旁的两位大力士耳语了几句，便在前边带路跑了出去。

我转身向后望，原来前面那些绿色的草地只延伸不到一米，便暴露了一切，后面的土地满是红色，而且路也不平，有山沟，有小山包，只不过缩小了好几百倍。走山路都比这平啊。我提起身旁的包袱，便冲了出去，脚一踩上泥土便沾上了褐色的物质，感觉像是走在一个沼泽地，脚在不停地陷进去，我也没有力气往前走。泥土的粘性拽着我，每走出一步都很困难。突然，后面的脚踝像是被人给抓住，不停地向下，一阵阵刺痛感随之而来，我不禁一阵恐惧。我往后扭头，只见那抓住脚的东西竟然是一只白骨手！"啊——"我控制不住，大声呐喊起来。下意识也在不停地将腿从泥中脱离出来。过了一会儿，我的身子一空，就被一个大力士硬生生地从泥里面抬起来，直接扔在木板上。说来也怪，木板并没有沉下去，反而还安稳地立在稀泥之上。那个大力士，将我安抚好后，便开始在前面铺设许多块木板。他的速度有些惊人，我只觉得眼前有一个黄影快速移动，不一会儿便有无数块木板横躺在泥地上。

我轻盈地跳跃着，像走在一个即将崩溃的钢丝上，每一步都小心翼翼，生怕掉进去。由于木板太小，只好我先走，再将包袱从后一块木板上搁到我踩的这一块，瞬间再跳向下一块，直到看见不远处村长修长的身影，才觉得有一丝放松。

我一屁股坐在木板上，观看他们上演的好戏——只见村长在一块红色的地上跳着舞，有规律地踩在红地旁边的点上。每踩一个都振振有词地说着什么，边说边将手放在胸前，竖起食指按着胸。那动作，就像癞蛤蟆在跳舞。手还不停地向天空挥着。过了一会儿，就在踩过三四圈点后，突然，中间的一个圆发出白色的光芒，接着村长便跳到身旁的一块木板上，默默地看着从光圈中逐渐升起的一个房屋。房屋并不大，却有白色的墙壁、红色的房顶，上面雕有一些暗花。乍一看一个非常朴素简单的房子赫然出现，确实让人吃惊。看着房子尘埃落定，村长也随意地拍了拍手，转过头来，满脸和善地对我说："今天就先住这里吧。吃点东西，我再带你去见法王。"

我不自然地看着他，眼眸中闪出一丝恐惧。我盯着他的眼睛，那双眼似乎更加充满了一丝邪恶？不，我不能这样想！人家对我这么好，怎么可能呢？我抓了抓手中的包袱，鼓足勇气问了一句："你……你为什么要帮我？"

"哈哈哈哈！你认为呢？"他边说边将手绕过我的脖子，抓住了颈下的肩胛骨。顿时，我大气不敢出一下，他在我耳朵边柔柔地说了一声，挠得耳朵直痒："你认为你不在这儿留着，还能去哪儿呢？去外面？他们……的聚集地？"我心中自然明了他们指的是谁。他们，也是父母经常唠叨的、令人恐怖的那个"他们"。我不禁打了个冷战，僵住了。血液似乎一下冲上了脑袋，手脚冰凉，脑中一片空白。说毕，他便重重地拍了拍我的肩，直起身来，仿佛不经意间说了一句："你还不进去吗？"我像是得到什么不容抗旨的命令，竟真的走了进去。门自动开了，我蹑手蹑脚地走进去，将门掩上。一转头，便直直地倒了下去。

"她应该醒了。""是啊是啊。""你看，她眼睛睁开了！"听得最清楚的是一个很刺耳的声音。似乎是我刚刚跨入这个世界时的那个劝导我的尖尖的声音。它可是令我记忆犹新。我努力撑开沉睡已久的眼皮，看着外面的景色，只有茫茫的一片白。过了一会儿，我终于恢复了视力，支撑着发酸的胳膊，环顾四周。房子的内部比外部更耐看，而且更大了。墙上挂了一个猛犸象的象牙，旁边铺着印着文字的地毯，古朴庄严。里面只摆设了一些家具和一个床，并没有其他异样，却给人黑压压的感觉，沉重得喘不过来气。欣赏完了一切，才突然意识到，那两个在我耳边对话的人呢？我立刻警觉了起来，左看右看，却没有一个影子。难道是我出现了幻觉？不会吧，我那么厉害！我坐在床上，将两条腿伸下床，踩着绒绒的地毯，舒服极了！突然，硕大的屋子中传来一声"啊嚏——"，我很奇怪，不自觉地使劲踩了踩脚下的地毯，抓住床上的被子。半响，脚下一阵瘙痒，我咯咯地笑了起来，始终停不住。我边笑，边下意识往脚边看，竟然见到一个毛绒绒的小球，有着褐色的皮毛。我不禁觉得好玩，便将他从脚边提了起来，才看清楚他的真实模样。原来小爪子和小脸蛋竟然藏在底下。他一脸不满地看着我，用两只爪子极力地想向前倾，抓住我的脸。我皱了皱眉头，真是个危险人物！突然，手中的球便不折腾了，竟然乖乖地被我抓在手里。我把他放在床上轻轻地挠着他的肚子，边问："你怎么了？……你是谁啊？"

突然他一个激灵爬了起来，不服气地噘起嘴巴，两只手环绕起来抱胸，说："我啊，我是……"还没说完，外面便传来一声响，是脚步声！"快，快把我藏起来！待在……待在你的包里。他看见我，我就会挂掉的！"呵！还会那么先进的词语？我突然觉得这个小家伙还挺新潮的，如果真的将他交给外面的所谓他的克星，岂不可惜？我如他所愿，随着他手臂的指向，拿起床边的背包，看着他手脚并用地爬进去，不禁一阵笑。刚将包括上，门就被打开了，那个令人感觉神秘的村长夹着一个卷轴走了进来。"昨天晚上睡得怎样？""托你的福，很好啊！"我故意将最后三个字拉得很长，还带一点轻蔑，轻轻挑了他一眼。"哦，这样啊，那……就好啊！"

额，装傻也不用这样吧？我顿时没有力气再说下去，泄气了。他默默地走了出去，走得很慢，却又像是一种特殊的命令，我立刻跟了上去。我不服地赌着气，随手将背包带上。

未完待续，写于2013年夏

仙女泥娃历险记

泥娃的使命

从前,有一个村子,叫杏花村。那里景色优美,一年四季都有美丽的鲜花,就像天堂一样。那里有一个科学家叫伦敦,他发明的各种东西都让村里的人夸赞。有一天,下了一场暴风雨,村子里积满了泥巴。伦敦想:"我要用这些泥巴做一些装饰品。"他想啊想,终于想到了一个好办法,他把土铲起来,装进桶子里,做了一夜,终于做出了一个可爱的娃娃,他不会给这个娃娃起名字,便向邻居家的小美请教:"小美,你给我这个娃娃起个名字,好吗?"小美说:"可以呀!但是你能不能把娃娃送给我?"伦敦说:"没问题!""那你告诉我是用什么做成的!"伦敦说:"是用泥土做的!""我给你的娃娃起个名字叫泥娃,你可以送给我了吧?""好!"

小美的玩具箱里有很多玩具,她把泥娃也放进玩具箱里,突然,那个叫魔女的玩具可以动了,为什么呢?因为,是泥娃引起的,魔女看见跟她在一个箱子里的泥娃,就自言自语地说:"只有她才能拯救这个村子,有一个魔鬼想独霸天下,我要把泥娃变成真的。"正说着,只听唰的一声,泥娃真的可以动了。魔女把魔鬼独霸天下的事告诉了泥娃,泥娃听了说:"我知道了,我一定让这个村子变得宁静!我现在就去拯救这个村子。""等等,我给你说,不光是你一个人拯救这个村子,还有七个仙女和你一起去探险呢!""我知道了!那她们都在哪里呀?"魔女说:"不用着急,我带你去。"魔女用她的魔棒画了一个圈,只听一声响,就出现了一个漂亮的森林,泥娃进了那个圈子以后对魔女说:"这是哪呀？这么美呀！""这个森林叫彩花谷，七个仙女都在这里，我给你几个糕点和几杯水，还有一个什么都可以变的盒子（因为不能变食物），你只能吃这些东西。好了，我要走了，我祝你成功！祝你能很快打败魔鬼！"说完，魔女就离开了这个圈子。泥娃想："我一定不会辜负你的期望的，我一定要打败魔鬼！"就这样，泥娃开始冒险了。

泥娃遇到了一个神秘的姑娘

泥娃带着糕点、水还有盒子，刚走在彩花谷的路上。突然，天空刮过一阵风，出现了无数朵彩云，只见那朵最亮的云彩上面坐着一位漂亮的姑娘。她的眼睛像葡萄一样闪亮，眉毛弯得像柳叶，鼻子像巧克力糖，头发金黄金黄的，嘴巴泛着苹果红，皮肤像牛奶一样白嫩，一笑起来，可爱极了。手指上长着特别长的指甲，只见她随手支起周围的云彩当琴弹，旁边的云彩为她伴舞。泥娃看了，特别惊讶，她想："她是不是魔女所说的七个仙女当中的一位呢？"

正想着，那个姑娘就消失得无影无踪了。泥娃想："她明天肯定还会来，我要在这儿等着她，看她住在哪儿，看她是不是仙女。我要劝她帮我一起找另外六个仙女打败魔鬼。"

第二天，那个姑娘果然出现了。这一次，泥娃想："我该怎么样把那个姑娘劝下来呢？"正想着，泥娃听到云彩跟那位姑娘说话，泥娃记下了她们的对话，心想："我终于有点子了！"她画下了云彩，用很硬的木头把云彩刻了下来，用魔女给她的盒子变出了一个粘胶一样的东西，再把云彩粘了下来。泥娃用力举起粘好云彩的木头，云彩又开始和姑娘对话了。那位姑娘说："你怎么搞的，这么长时间不和我讲话！"

云彩说："啊啦油撒那啊依爱屋思纳爱独乃。"（意思是：下面有个特别可爱的娃娃，她说要跟你去你家，她就想问你是否同意。）

仙女说："与阿里啊尾。"（意思是：可以呀！）她就把泥娃带回了家。

泥娃与凯丽的误会

美丽的姑娘带泥娃到她的金皇宫吃点心,她的一个仆人是魔鬼的侦探,他叫礤滴。礤滴知道泥娃想害大王,所以准备利用凯丽来对付泥娃……泥娃问凯丽说:"你是这里的主人,金公主吗?"凯丽说:"是的,你有什么事吗?""你必须跟我一起去找其她公主,魔王要统治世界。我们要打败他。"凯丽说:"那我考虑几天好吗?"泥娃说:"好吧。"仆人礤滴对凯丽说:"别相信她,她想利用你。"但凯丽坚信泥娃是值得信赖、可以帮助的人。礤滴用自己制作的感印机(可以让射中的人不相信其他人)打中了凯丽,凯丽对泥娃说:"我不会再跟你去。"泥娃说:"为什么?""不为什么,你现在给我滚出去!"凯丽说。泥娃垂头丧气地走出金皇宫,她觉得很蹊跷,第二天,她又到金王宫细心观察,很想了解凯丽公主反悔的原因。

她终于知道了礤滴有个秘密武器,但泥娃不知道怎样使用,泥娃翻出神奇的盒子查清礤滴是谁,又查出礤滴发明的武器原来是感印机。就在这个时候,她一不小心碰到了一块石头,凯丽出去一看原来是泥娃,她恶狠狠地想把她赶出去,泥娃急得大哭起来,她的眼泪滴到凯丽脚上,凯丽的脚冒出了黑烟,身体发出了亮光,被礤滴射中的感印机魔法消除了,泥娃高兴地蹦起来了。泥娃告诉金公主:"你被你的仆人给骗了。"凯丽问:"那你是谁?"泥娃说:"我叫泥娃,你呢?"凯丽说:"原来你是泥娃呀!我错怪你了,我知道你来这里找我,是需要我帮忙,我们交个好朋友,好吧?"泥娃说:"好呀,好呀!我们一起去找其他六个仙女好吗?"凯丽说:"好吧,我们一起!"

未完待续,于 2006 年夏,7 岁时所作

第二部分

小脚丫子作画

一个爱幻想的女孩

一

妈妈说，我就是一个多愁善感的人，总是动不动就感慨万千。但在我看来，高强度的生活下，无论哪种心灵鸡汤，都不如幻想来得便捷。只需要放松心情，就足以让思想驰骋。

每天走在路上，看着道旁高大的树，我总想停下来，总想细细看清树的每一个纹路，总想靠近一些，触摸一下它饱经风霜的皮肤，用心与树同呼吸，去读懂它的故事。

秋天的树是最有味道的，你可以坐在长椅上，看着落叶打着旋儿，以最美的姿势结束一生。或者站在树下，伸出手，闭上眼睛，感悟树叶轻轻跌落在手中的感觉。这时，你接住的不仅仅是一片走到人生尽头的智者，一种对待人生的郑重态度，更是一分沉甸甸的奉献。

其实，熟悉的校园也是创造幻想的场所。

我喜欢雨天的校园，每一步都踏出独一无二的水花，水泥地开出千万朵水花。用手触着墙壁遐想。"在那间屋子后边是不是有一个巨大的粉笔盖的房子？"虽然只是一扇不起眼的红色铁门，但里面的神秘常令我魂不守舍。

如今仍然没有找到儿时的答案，却并没有什么遗憾。你想啊，你仍然可以想象那间房子里或许藏着侏罗纪时代的某个奇珍异宝，或许是一颗巨大的恐龙蛋。

这就像一个故事，作者往往不说明结局。悬念比平铺直叙更为巧妙，他留下的不再是一个故事，而是一个想象的世界。

二

不知从何时开始，我爱上了编故事。

在我的记忆中，我总会因为一时的好主意而激动得难以入眠，搅得我在床上打滚。

我看着一棵小草，就能出神一下午，故事的内容渐渐浮出。然后，一气呵成，思想转化成文字——这种酣畅淋漓的感觉由指尖触击键盘产生，久久萦在心头。

看书就像在拍电影。剧本不是我的，但是拍出的画面尽在我的控制范围内。翻开一本书，我分明看见林黛玉双眉紧蹙，柳枝腰，和宝玉在花红柳绿的大观园内上演古装爱情戏；可以看见《三体》里宏伟的三日凌空的未来奇景，看见变化万千的外星之境；可以看见在银装素裹的时节，为了赤诚之心，向着伟大胜利前进而不懈努力的苏联战士。

你可以猜想剧情的发展，或许还会和远在千里之外的作者不期而遇，这种快感足以抵过一切。你可以想象自己是某个作品中的人物，想象自己有着那样的生活会发生什么更加有趣的事情，或许你会在那样的世界来一次奇幻的旅行。

三

其实，每个人都有一个自己的世界。这个世界里全部是你爱的东西。它可以没有繁琐的杂念——你可以在这个世界里不停地做着喜欢的事情——我可以骑着最爱的独角兽，在大草原上不停奔跑。

在某个温暖的午后，我望着天空，天上时不时传来小鸟嬉戏的声音。它的羽毛上洒落的是阳光，金灿灿的颜色，让人备感温暖。夕阳下山不仅意味着太阳的落幕，还意味着月亮拖着长长的裙摆走向黑色的幕布，繁星会织上天空，投射下温柔的舞台光,一场舞台剧拉开帷幕。我想象着在沙滩上随意坐下,感受海浪轻轻拍打着脚趾的快感,抬头看见旁边的椰子树随风起舞,看见白色的泡沫冲上海滩,泡沫像刚开启的香槟,我拾起一个贝壳,轻轻用鼻子嗅海独特的味道。

我还可以想象着,夕阳中飞出一只花枝招展的凤凰,身披霞光,带我去美好的圣境,那里有我未见过的奇珍异兽。我可以随着麒麟跑向天涯海角,可以和神龙上天入地,偶尔还能和玉兔谈谈广寒宫的盛大典礼。

四

世界上的一切都是可以挖掘的素材。只一片片雪花便让人思绪起伏,只一粒简单的石子便可以看到这座山的前世今生。

我的闲暇时间会留给想象,留它在心灵的纸上洒脱地奔跑,轨迹形成五彩斑斓的彩虹。只要想象的净土还在,我就会让它熠熠生辉,永不会消逝于尘埃中。

点评: 只有纯净的心灵才会写出如此纯净的文字,读你的文字是一种享受。(许红慧)

外婆家的"欢乐谷"

清晨,阳光淡淡地洒在前行的道路上。我坐在车里,听着耳机里柔和的音乐,将车窗摇下,就着和煦的阳光随手翻看着自己的日记,稚嫩的文字记叙着当时的景、当时的人。

天人晴雨表:东边日出西边雨,道是无晴却有晴

外婆家是我童年的安乐窝。

我和父母寒假暑假必回外婆家。当时路还没有修通,通往外婆家的路还是一条崎岖的山道,杂草丛生,碎石布满整条土路。我们会租一辆麻木车,忍着一路的颠簸,往外婆家赶。

我受不了这样的折腾,常在离外婆家还有几里处提前下车,和爸妈徒步沿土路翻越一座大山。走多了,自然觉得这条土路确实很有味道。

这条山路上,有蝴蝶翩跹起舞,有花朵盛情开放。有时我会摘下一朵两朵放在掌心,先贪婪地吸吮一下沁人心脾的味道,再夹在头发上,感觉自己就是天仙下凡了。

站在坡顶,我会张开双臂,迎风飞翔。这时候,妈妈会急得拽住我的衣襟,但总是被我挣脱掉。我感觉自己就是一只雏鸟,在一瞬间长出了丰满的羽翼,羽翼随风而动,我腾空而起,翅膀就自如地上下翻动。我飞翔的速度快似闪电,树木就变成一条绿色的绸带,从我身边一飘而过。

欢乐谷里,一切都是自由的,河水随意流淌,鸡鸭随意走动,树木随意生长,连空气也是可以嬉戏打闹的。

而外婆家那座年久失修的老房屋因为自由的气息融入成为自然的一部分。在房子的周围，随处可见爬山虎窃窃私语，燕子在屋檐下呢喃，麻雀在院子里啄食，没有一点怕人的意思。

"回来了，稀客啊！"亲戚们全都从四面八方聚拢来嘘寒问暖。亲人们用自己朴素的方式诉说着对彼此的思念、亲近和欢迎。

外公连镇"家"之宝都拿了出来："这是刚从丹江水库里弄上来的大野鱼，好家伙，有我胳膊那么长，今天中午煮汤喝！"我暗自窃喜，一来就有好吃的了。

天人晴雨表：梅子流酸溅齿牙，芭蕉分绿上窗纱

外婆家里的日子很自在。

清晨，喊我起来的并不是闹钟，而是人们的欢笑声。推开窗户，羞涩的太阳还悄悄躲在山那边，用几层薄纱挡住了自己炙热的光芒，娇羞地和大地说着悄悄话。她轻声唤着大地，地上的花朵被逗弄得笑出声来，花朵的笑声惹得农家的小猪吱吱欢叫，鸡仔们也开始玩起过家家，男人们早已扛着锄头、牵着黄牛，一步步向山间走去。

我一个激灵从床上跳了下来，快步向楼下走去，未到堂屋，饭菜的香味扑鼻而来。我起来时，妹妹早已围着小圆桌扒着米饭，一碗快要见底。哥哥吃完饭，手脚麻利地帮忙，把小凳子一个个放在院子里，给过路的乡亲们歇脚、唠嗑做准备。

"快点去洗，然后吃饭。"舅妈忙得像个陀螺一样转来转去，但还不忘催促我。

我吃饭有些心不在焉，眼睛一直往外瞟，想看看发生了什么事情。我三下五除二吃了饭，也赶紧学着大人，搬个小凳子坐在门外。外婆家因人缘好，又处在三岔路口，便成了村里人的"活动室"。

外公坐在凳子上跷着二郎腿，点燃一根烟悠闲地吸着。"过来坐坐，抽只

烟！"外公的热情融化了路人；"最近弄了点新茶，来喝一杯，"舅舅在旁边说着，模样憨得可爱。

仔细想来，其实这里每天的清晨都可以拍成一部纪录片——土鸡家族占领一个个金黄色的麦垛子，为首的公鸡伸长脖子，在草垛高处，骄傲地俯视众生；青年人骑着摩托车赶路，满载着今夏的收成赶到镇上换一些生活用品；出来遛弯的女人常打量着我这个城里来的小客人，过会儿，面带笑意地说："呦，稀客啊！什么时候来的？一定要多住几天啊！"

天人晴雨表：青箬笠，绿蓑衣，斜风细雨不须归

今天，来客人了。

外婆家待客是以丰盛著称的，无肉不成席。什么鸡鸭鱼肉，平常再节俭，客人来了却一定要好酒好肉伺候。

说起待客，这个场景就一直定格在脑海里：客厅支上两面大桌子——一桌是给那些喝酒吃肉的，另一桌给我们这些不喝酒只吃肉吃菜的人。大家说着笑着，连平时少言少语的外公也孩童般地憨笑着。我会帮着哥哥安排客人，按"客贵主次""长幼有序"坐下，我进进出出帮忙发筷子，给弟妹夹菜，忙得不亦乐乎。

要说乐趣，我最爱干的事情就是帮忙在土灶前生火。而我对土灶里的火苗有一种特殊的情结。

为了准备盛宴，弟弟开始在外面卖力地劈柴。对于弟弟的小身板来说，就连拿起铁斧子也是一个极大挑战，卖力的弟弟挥汗如雨，却不叫苦叫累，快乐的感觉赛过在河沟里捉鱼。

要生火了。弟弟熟练地拿起一堆干干的松树枝条，用打火机一点，立刻亮出了耀眼的金光。他赶紧将这易逝的火种塞进灶里，尝试着燃起更大的火焰。可惜我们动作还是不熟练，反复尝试了好几次，塞到灶里的火种还未接触大木块就熄灭了。我们不气馁，又反反复复试了几次，都没有成功，不断的失败严

重挫伤了我们的信心。

舅妈却有些"不近人情",她一看我们在这里折腾,就心疼地倒吸一口气,她挥舞着双手撵我们出去:"哎呦,小孩子生什么火?一边玩去,浪费啊浪费。"紧接着她手脚利索地把点燃的小树枝塞进灶里,再放入几根干柴,关上灶门,很快灶里枝条被烧得噼里啪啦地响起来,火苗"噌"的一下冒了起来。我们自愧不如,还是村里的人最懂村里的树枝叶条。很快,小小的灶已经容纳不下愈加强壮的火苗,灶上面的锅很快开始滋滋作响。

我们紧紧贴着灶门铁皮上的小窗户盯着跳动的火苗,心里满满的不甘心。天公作美,舅妈刚生完火,又出去忙着择菜,她叫来二哥哥,让他来把握火候。二哥哥一向是很好说话的,在我们的软磨硬泡下答应了我们的要求。

"记住,不要把灶门打开,不要让火灭了。""还有,要加柴的时候,你们就不许玩了。""哦,哦。"我们心不在焉地答应,迫切地把哥哥往厨房外赶。

哥哥口中的灶门,是土灶外面一扇半掩的小铁门,相当于控制火的开关。如果想让火大一点,可以把门关上;如果想让火小一点,就可以把门打开,再把柴拿出一两根来。

现在小门是关着的。单薄的小门无法阻挡火苗伸出的纤纤玉手,我能想象到她正随着节拍不停跳动着,正在呼唤我来看她们精心排练的舞蹈。

人家就已经这样邀请了,我不好拒绝的啊。我心里安慰着自己,扭过头寻找哥哥的身影,他没有出现。我转过身来,哆嗦的手缓缓打开小门,直视着灶内的场景——树枝木叶在熊熊地燃烧着,金黄色的火苗自由摆动,火苗少女们飞快地旋转着舞裙,她们的舞蹈动感十足。少女们时而下蹲,时而跳起,和着节拍,舞蹈个性十足。如若仔细看,还会发现,这少女们的头顶上还镶着一颗颗蓝紫色的宝石,把她们的容颜衬托得更加娇艳。

火苗虽然小,但是可以把整个房间照亮,它的热度也把我的心照得透亮。

"哎呀!"舅妈大叫一声,狠狠地将菜甩在案板上,把我们吓了一跳。不好,被发现了!舅妈急匆匆地向我走来:"让你们不玩火,你们还不信。饭全部糊了,还怎么吃?"我吐了吐舌头,和弟弟一溜烟似的跑了出去。

这时,太阳已爬到了西边的山头。糟糕,赏风景时间到了。

我们立刻从刚才被发现的不愉快经历中恢复过来,赶紧爬上了外婆家对面一座不高的山上,席地而坐,去看夕阳美景。太阳将金色余辉染遍整个村落,光是这阳光的颜色就让人食欲大增。村落无意间变成盛放美食的硕大餐桌,家家户户烟囱里飘出的烟火味携着饭菜的清香,弥散在空中。我使劲吸了吸,每一家饭菜的味道各不相同,这一家是这个味道,那一家又是另一种特殊的味道,但皆放入了"自然"这味调料。

我肚子也禁不住在咕噜咕噜地响着,哈喇子都流了出来,大哥哥一声呼唤后,我们就立刻向外婆家的堂屋冲去。

天人晴雨表:竹深树密虫鸣处,时有微凉只有风

空气闷得慌。

中午,太阳的怨气是过了头的。小鸡在树丛里发呆,狗卧在阴凉处吐舌头,连最爱唱歌的小鸟也一声不吭,悄悄躲在树丛里,知了还有力气,不停地诉说着心中的不快。

"走啊,我们去河边凉快凉快。"一群孩子邀我和弟弟加入。

"是外面那条河吗?"我好奇地问。

外婆家那条四季不断流的小河,孩子们洗澡、妇女们洗衣全靠它。小河不远处还有一个小池塘,是一个天然游泳池,池边还种着几棵柳树,远处有一片片绿油油的农田。我曾经坐在那柳树下把脚伸进水里,避一避夏天的暑气;也曾站在田埂上看村里的孩子抓泥鳅、抓蝌蚪;也曾经站在水边,被远处的水蛇吓得丢盔弃甲。

"不,比那还好玩,水比那还好看!"领头的伙伴狡黠地一笑,立刻跑了。我和弟弟在好奇心的驱使下跟着他们走了。不知不觉已经走过了好多山路,疲倦和炎热拖慢了我们的脚步,汗珠子淌满脊背。

"快到了！"领头的人突然向前快跑去。一方湖水在山的环抱中渐渐显出真容，那片水域瞬间点燃了我所有的激情。湖水是一面不起波澜的明镜，倒映着碧山，倒映着蓝天，远处船只从天际驶来，人如在画中游，又像在镜中走，无意间我们也成了画中一景。

"要捉蚌壳吗？"不知哪个孩子大声喊了一句，众人纷纷响应。初生牛犊不怕虎，其他人虽然不知道这湖水的深浅，却纷纷从陡峭的斜坡冲下湖边。

我没有立刻下去，在土路上徘徊。我似乎看见自己水中的倒影，眉宇间写满了"恐惧"。

"快下来嘛，可有意思了！"有些伙伴一边在玩水，一边在朝我招呼。我左思右想，最终迈出了步子。刚走两步，我就有点后悔了。陡坡上原来全部是细小的石块，因为被长长的芦蒿挡住，所以不大看得清。现在，那脚底下的石子作祟，我脚下一滑，瞬间感觉身体不平衡，"哎哎——"我大叫起来，手本能地拽着旁边的芦蒿。还好芦蒿又长又结实，至少撑住了我的重量，我一屁股坐在了石块上，伙伴们立刻笑了起来。我顾不了这些，坐在地上刺溜一下滑了下去，站起来摸摸屁股，沾满了泥土。

"你看！蚌壳！"一个伙伴突然欢呼雀跃起来，举起了他的战利品。其他人也不甘示弱，纷纷有了战利品。我蹲下身子，一阵乱摸，没想到竟摸到一个小贝壳，这个贝壳的外表很是鲜亮。

黑夜慢慢吞噬天空，不知不觉，天上已经出现了一轮淡蓝色的月牙。

"逗逗——你在哪？"远处传来焦急的声音。妈妈怎么找到这里了？我的心里沉了一下。

在回家的路上，我默默地跟在身后。妈妈愤怒地说："这河边多危险，掉进去怎么办？小孩子怎么不给大人说，就来这个地方玩？……你知道我们找你找了多久吗？"我低着头不吭一声，手摩挲着口袋里的那只小贝壳，脑子里却不住地想着湖边的一幕幕。

天人晴雨表：清风无力屠得热，落日着翅飞上山

今天弟弟神秘兮兮地说，他发现了一个秘密。

他带着我向前走。我学着他的样子，也小心翼翼地往前走去，尽量不去惊动发现的秘密。

"看！"弟弟突然激动地喊了出来，我赶紧向前跑去，伸长脖子寻找他所说的秘密——在那不起眼的荒废的猪圈里，竟然藏匿着七八只兔子，有黑有白，颜色各异。听到动静，它们的耳朵机灵地一转，向着我们这边跑来，一个个趴在围栏上，脖子伸得长长的，小嘴激动地不停颤动着。

"这是哥哥家的。他家今年这个猪圈改养兔子了，"弟弟解释道，边说边往猪圈里跳，"你要不要逮一只兔子出来，可好玩了。"

抓兔子这种事我还是不大敢做的，虽然内心很想尝试，但是一想到兔子会在手心里扑腾，说不定还会因此留下终生难忘的伤疤，就望而却步了。我故作镇定地解释说："你抓吧，我没有兴趣。"

弟弟倒是对抓兔子这件事还挺上心，怪不得看着他前几天鱼也不抓了，蛐蛐也不捉了，在一个角落里拿着一些稻草根捣鼓着什么东西。当他拿着骄傲的成果展示时，才发现这个男孩子还专门发明了一个捉兔子的套子，他还得意地向我展示这个武器的功效，虽没有什么奇特之处，耐用倒是这个套子的一大特色。

弟弟现在正拿着新研制的秘密武器，悄悄潜伏在一只灰兔子的后面，他缓缓匍匐在地上，把套子轻轻往前探去——结果手不经意间碰到了一根树枝，"咔嚓"一声，惊慌的兔子快速蹬地，飞一般地逃走了。弟弟有些不服气："哼，我还治不了你了。"他站了起来，大步往前跨，拿着套子往前追，那些兔子却不肯屈服，七八个一起横冲直撞，沿着墙角飞速奔跑，凭着弟弟的速度还是远远赶不上他们的，很快他便累得气喘吁吁，一屁股坐在地上。

"算了吧。"我安慰道。

"不行，我才不会服输呢。"弟弟说话时，活像面对敌人的红军战士，不屈不挠的英勇形象立刻凸显出来。结果，弟弟还真捉住了一只。那草做的套子把兔子给绑住了，弟弟稍稍把套子往上抬，兔子就两脚腾空不停地扑腾，弟弟得意地拿着战利品，一手叉着腰，站直身子大笑起来。看着兔子挣扎的模样，我些许不忍，本来想劝阻弟弟，结果兔子也不知怎的，突然怒气大发，带着套子掉落下去，后脚还未着地就往前逃跑，硬生生地把套子给截成两段了。

弟弟丧气极了。

"唉，太失败了。"然而有着小红军气质的他并不打算就此罢休，相反他改变了策略。弟弟经过一定的战略分析和失败经验的总结，做出了开天辟地的大决定：还是捉一只小兔子吧！嘿，这小兔子还真是没有大兔子机灵，不用套子，徒手就可以抓得起来。他顺顺利利地把小兔子放在猪圈的围栏上，给敌人来了个四面夹击。墙壁的高度对于一只小兔子绝对是极大的考验，四面楚歌的境地绝对让小兔子难以逃脱牢笼。这个处于"围栏"的白色的小东西在不停地发抖，将自己缩成一个圆圆的球，似乎在诉说着心中的痛苦和紧张，我内心的怜悯之情油然而生。我抚摸着她的毛，尝试着用心和她做着交流，尝试着安慰她。

"哥哥不喜欢摘青草、菜叶喂兔子，你看，它们只能吃枯干的橘子树的树枝。"弟弟在旁边不经意间提到。弟弟此时早已失去了兴趣，捉兔子游戏已经不能满足他的猎奇心理，他站在一边不耐烦地等着我想出一个新的游戏点子。

我看了看兔子，又看了看树枝。灵光乍现——"她们既然没有吃的，我们去找绿叶啊。"

弟弟很快同意了我的建议，我们开始了蔬菜寻找计划。我们分头行动，弟弟负责寻找蔬菜来源，我负责看管站在高墙上的小兔子。没一会儿弟弟就激动地跑了回来，自豪地说："舅妈她们在择菜，我们可以把兔子抱过去啊。""但是它跑了怎么办，这是别人家的啊。""没事，我还有套子呢！"弟弟得意地又从身上摸出了一个套子，原来弟弟早已策划好了。

如何将这个难以下手的小家伙抱到指定的位置也是天大的难事。虽然从猪圈到外婆家不是很远，几步路就到了，但是要抱着这个四肢发达的小活物，可就不那么容易了。

"我来吧！"弟弟身先士卒，直接将兔子头放进套子里，甩开步子往前走，兔子立刻拼命挣扎起来。我看不过，一把把兔子抢了过来，将它轻轻按在地上。

兔子在手，责任在肩。我用手轻轻托着它的肚子，捧着它往前走，尝试着让它舒服地躺在怀里。说来也奇怪，那兔子竟然一动不动，我的手指还能轻易触碰到她的心脏，感受到"咚咚咚咚"的心跳声。

大人们看见我们抱了只兔子，便连连说："把它放在这里吃叶子。"我将她轻轻放在叶子堆里，起初不放心，还是在后面按住她的下半身。还好，那只小兔子看见了舌尖的美食，连逃跑这个顶顶重要的事情也忘却了。我们渐渐放宽对她的管束，任由她在这片小菜园子里欢腾地奔跑。"你这兔子从人家家里弄的吧，不怕搞丢吗？"路人说。"才不会，我也属兔，因此同命相系，她怎么舍得离开我。"我抢在弟弟之前回答，这话立刻逗乐了所有的人。

一个下午的时光，我和弟弟都是和这只兔子度过的。这只兔子吃饱喝足后开始享受日光浴了。

天人晴雨表：水晶帘动微风起，满架蔷薇一院香

外婆家的生活因为兔子而有趣了起来。

"哎，你看，我舅妈已经择好了一篮子菜，多新鲜！"弟弟碰着我的胳膊肘小声说，指着正拿着菜篮子往回走的舅妈，脸上露出贼贼的笑容。

"好啊！"我心领神会。

我和弟弟小心翼翼地溜进厨房，左顾右盼，两个人伸出脏兮兮的小手一人抓一大把青菜，计划好了捧起来就往外冲——"噔噔"，是脚步声！我们还没有转头，就听到了不祥的声音。这时，我脑海中只出现了一个大写的字：逃！

我一边冲一边把菜叶子塞进两侧的口袋里。我感觉我的脸通红，心跳加快。而弟弟，因为人小腿短跑不快，再加上他拿的叶子太多，直接被舅妈抓个正着："哎呦，败家子呦，想往哪里拿呀，这是人要吃的啊。""这……这是要喂兔子的！"弟弟仰起头，脸憋得通红，还在据理力争，我有些为他的"正义"感动，"哎呦，放回去，放回去，给兔子吃个啥，我们还要吃呢。"舅妈边说边把他像赶小鸡一样往屋外赶。

我本想回去上演一场"美女救英雄"的，可转念一想身上还揣着青菜，总是不安全的，要是被舅妈发现了，我也是吃不了兜着走。

我径直跑向了兔子窝，兔子听到我的脚步声，一个个巴巴地望着我，睁大眼睛渴求地看着我手中的美食。我笑盈盈地把手中的青菜往空中一撒，兔子跟疯了一样，开始拼命抢食，不一会儿，叶子就一扫而光。

"这些青菜叶子完全不够啊，这么多兔子，况且老是大兔子吃到叶子，这小兔子还没有吃到。"新的问题来了，我对身旁的弟弟苦恼地说。弟弟因为刚挨批而闷闷不乐。但是一看见我顺利带了叶子出来，又露出了满意笑容。

"我想想，"弟弟手抵着脑瓜，搜索着脑中的地形图，"我们去大伯家的菜地里偷几株……不，拿几株。"弟弟仿佛怕我误解，还专门解释道："大伯出去打工了，菜在园子里坏了好多，如果我们帮忙除掉那些坏了的叶子，一举两得。"

我们说干就干。大伯的家只隔着半座小山，没走多久就到了大伯家屋后的菜园子。

那菜园子真如弟弟所说，叶子黄的黄，蔫的蔫，和那泥土的颜色几乎是一致的，只有少量几株还泛着绿。"哎呀！"弟弟突然一声尖叫把我吓了一跳，我赶紧收回已经伸向菜叶的手。"怎么了？"我有些愠怒，抬起头来。"哎呀！"我也大叫了一声。只见那房屋后有一头老牛，正在靠近我们的地方吃草。这牛可惹不起，虽然已经被人驯服得服服帖帖，但是一看见它头上一对硕大的犄角、一对张开的鼻孔正在"呼呼"地喘着粗气。

"我们走吧。一定还有别的办法。"弟弟小心翼翼地扯着我的衣服,将声音压低,眼光瞥着这个庞然大物,怯怯地说。

"那怎么能行!我们好不容易来的!我来摘吧。"我勇敢地说,"你去望风,牛一靠近我们,你就喊我,我们就逃。"我在心里连逃跑计划也安排好了。

我俯下身子,轻松钻过简易的栏杆拔起菜来。虽说不害怕,那只是自欺欺人,但是我一害怕,这次行动就会失败。作为一个小领导,我应该做的就是尽力把注意力转移到菜上,尽量不要想那头牛。

大白菜的根还是扎得很深的,任凭我使劲往外拔,也只能拽下几片叶子。最后,我只好选择一些较小的菜,手还是拔不动,改为拳打脚踢,才勉强连根拔起几棵。

我将一抱子大白菜直接放在弟弟的怀中,自己也分抱了一些。这时,大黄牛"哞"的一声,我们抓紧白菜,拔腿就跑,白菜掉在地上也不敢回头捡。

一切的担惊受怕在兔子们咀嚼蔬菜的那一瞬间全部烟消云散,自己的劳动成果获得极大的认可,足以抵过被牛吓到的后怕。

天人晴雨表:空山新雨后,天气晚来秋

外公家橘子丰收了。

抬眼望去,满山遍野,沟沟坎坎,都是金灿灿的橘子。

"不怕苦的,跟我一起去摘橘子!"舅妈向我们发出号召。我和弟弟兴奋地跟在后面,穿过野草齐腰的小路,哼唱着自编的新曲,难掩心中的喜悦。

"到了!"舅妈大声喊叫着,将我从想象的橘子林中拽了出来。我怔怔地抬抬头,斜坡上的橘子树你挤我、我挨你,纷纷挂出橙色的笑脸,在微风的吹拂下散发出诱人的果香味。

一个现实的问题摆在我的面前,这陡坡斜度大,土质疏松,石块还不牢靠,稍微触碰,就快速滚落下来,如此,从哪上山呢?

只见弟弟三步并作两步,猴子一般蹿进了橘子林,舅妈也背着筐子迈开步

子，低头、转身、弓腰、哈背，直接钻进橘子林，看不见了。这下只剩下我一个人了。我要和他们走散了！我强忍着慌张，在山脚选来选去，才找到了一条稍微平缓的路，手脚并用，爬了上去。还没开始摘橘子，整个人就已经累得上气不接下气了。

舅妈给我们两个人一人发了一个专门剪枝条的剪刀，一人一个尼龙袋，吩咐我们摘了橘子就放进尼龙袋里。拿到工具的那一瞬间，油然而生一种使命感和崇高感。战斗一打响，才发现一切都不是想象的那样，橘子树长得高矮不齐，连枝叶的斜度都不同，要想尽一切办法抓住一个枝条用工具触碰到橘子，既考脑力，又考体力。有的树下面全是青青的一片，橘子还未成熟，尚不能摘，只有树顶有一两个橙色的橘子，这下就更增添了麻烦——一边要爬到树上使劲拽枝条，一边还要顾及身边还装有橘子的袋子，生怕自己和橘子因为重心不稳从树上滚下去。

半袋子还未到，我就累得腰酸背痛，手背火辣辣的，仔细一瞧，手上早已被枝条刮出了三四道口子，殷红殷红的，疼得我直抽凉气。

"合作制胜"这个道理我是懂的。于是，我和弟弟进行了简单的分工，弟弟专门拽枝条，我专门剪橘子，这样工作效率大大提高了。

说起拽枝条，绝对是个技术活。弟弟早已磨炼成专家了——他还自己研发了拽枝条法。方法一：直接用手拽下来，但是这个方法费力；方法二，钻进树里，用脚压着枝条迫使树向下，果实便于摘取，但是这个方法费时；方法三，直接在下面疯狂摇这棵树，让果实纷纷下落，另一个人在下面做拦截工作，但是这个方法一般不奏效，若是树稍稍大一些，就是徒劳。方法四：用树枝做个钩子，钩住枝条，这个方法省时省力。相比拽枝条，我剪橘子的活路就轻松快活多了。

经过我们的艰苦奋斗，一个尼龙袋终于塞得满当当了，我们手上还攒着几个精挑细选的橘子，来不及品尝，就把袋子绑在树枝上，拖着树枝往山下跑，难走的山路变成了滑道，我边跑边喊舅妈："舅妈！我们摘满了！"

舅妈在山脚下要检查一下我们摘到的橘子的成色，她把整袋橘子倒进一个竹编的大筐子。顷刻间，圆滚滚的果实流了出来，形成了橙绿色的瀑布。舅妈这个摸摸，那个挑挑，这当儿，我努力捕捉舅妈脸上的表情。几分钟时间，却有几个世纪那么长。舅妈先是皱着眉，而后是嘴角微微上翘，一字一顿地说，"选得不错！"趁着刚被夸奖，我和弟弟又接连摘了两袋橘子。实在累得不行了，就躺在山坡上静静地看夕阳、闻花香。

刚到家，我就嚷嚷着让所有的人都尝尝我们摘的橘子，薄薄的皮脱落，里面金黄色的果肉裸露出来，我轻轻地咬了下去，那汁液渐渐润着我的喉咙，也许是自己动手的原因，今天尝到的橘子味是鲜有的，酸味中带着淡淡的苦，而留在舌尖的是厚重的甜。

天人晴雨表：绿蚁新醅酒，红泥小火炉

外婆家一到冬天就会支起火盆，燃烧树疙瘩烤火。

其实，爸妈也曾给外婆家带回过三四台烤火器，"这东西太小了，根本不暖和，又花钱"，舅妈自有她的道理。

我和弟弟在外玩累了，就会跑到妈妈的怀里拿一把火钳子，往闪着火星的木块上戳，这一戳就会绽放出瑰丽的金色烟花，那星星点点的金光往上冒出，似是一朵朵怒放的金花，一瞬间就把心中的快乐燃着了。

"哎，别烫着自己和别人了。"大人们总会在我们玩得开心时加以提醒，哪里会听话，我们反而戳得更厉害。

"别玩了，我给你们烤红薯。"哥哥边说边往厨房里走，拿出两个粉嘟嘟的红薯。他拿过我们手中的火钳子，把红薯放进火堆下面燃尽的、还很热的柴灰末中，左一下，右一下，就把红薯包裹在柴灰末里面了，看着那红薯微隆起来的身影，想着烤红薯特有的香甜味，早已垂涎欲滴。当然，如果是在冰天雪地里疯跑累了、饿了，拿起一个刚烤好的红薯，把外面那层烧黑的皮剥开，吃着里面的果肉，甜糯又面滑，别提多爽了。这味道胜过世间的任何一道美味

佳肴。

农村人几乎家家都有地窖，在斜坡侧挖或往地下垂直挖个几米深的洞。为了不让老鼠钻进地窖，又不让外人很容易分辨出地窖来，在地窖外面用厚厚的稻草覆盖着。揭开厚厚的稻草，再揭开外面一层塑料薄膜，掀开用木板或石板覆盖的地窖门，一个地窖就呈现在眼前：左边放着白肉红薯，右边放着黄肉红薯，但是人能站的地方却很小，也只能容一个人站立。一进去，还感觉到有些憋气，一股子夹杂着红薯味道的热气扑面而来。地窖很黑，光几乎不能透进来，头脑不由自主地胡思乱想起来：若拍鬼片，这里也是个绝佳的地方。

因为害怕，一股凉气从背后钻入，脑子里瞬间没有了拿红薯的想法，想着要离开，刚转身没走出几步，又想到任务没有完成，又只好壮着胆子回到红薯堆里。我尽量不去触及脑中的恐惧，用手努力地快速寻找着红薯，心里默默祈祷别有什么妖魔鬼怪在我的身后猛地抓我一下。我战战兢兢地摸索着，终于找够了我要的红薯，一扭头，一使劲，我连滚带爬地逃了出去。当光洒在身上时，才停下狂奔的脚步。

提起红薯，不得不说到火炉，说到烟雾。烟雾可是出了名的调皮王，当半湿不干的树枝疙瘩被点燃，就会玩性大发，带着它的至交——烟雾出来捣乱了。烟雾很黏人！它会往你身上贴，一股呛鼻的味道扑向你，熏得眼睛睁不开，让你眼泪直流。烟雾这样做，未免太过热情，让人不适应，我们只好用手不停地挥动，不停抽着鼻子，表达着不满。越是这样，它贴得越狠，朝我们扑过来的烟雾越来越多。

我们只好把门打开，把它请出去。结果它故意生气，牵起火炉的手，把屋里仅存的暖气一并带走了，还故意邀请外面的凉气进来歇歇脚。

我们又气又恨，几个回合的折腾后，我们妥协了，只好把门关上，加点干透的枝叶哄哄它，这个家伙才收敛些，让人舒服片刻。

天人晴雨表：忽如一夜春风来，千树万树梨花开

外面下了大雪，闲来无事，弟弟不知道从哪儿拿出了一个像样的小锅，呼朋引伴地玩起"过家家"来。

这次过家家非比寻常。小的时候看着爸爸妈妈用大锅做饭，食物在翻炒中形成人间美味，奇妙的物理反应让我深深痴迷。

今天就是我的圆梦时刻。

外婆家的雪地上早已聚集了许多孩子，他们有的手里拿着些柴火，有的手里拿着打火机，一副英雄英勇就义的模样——确实，父母从不让我们擅自玩火，更不用说点火做饭了。要是让他们知道，又免不了来一次男女混合口水仗。

大孩子熟练地操作着，用砖块在雪地里搭起一个小型灶，将柴火快速点燃，再赶紧塞进灶里，简易的灶里很快燃起微弱的小火。

我指挥着弟弟去家里拿一些水出来，倒入锅中。水生起的白雾在我的眼中也是世界奇迹，我痴痴地看了半天。

没一会儿，水咕嘟咕嘟地泛起大泡泡。这时，我们一时犯了难，放什么菜进去呢？

有的说放一些野菜，有的说放一些鸡蛋，有的还说放一点米。众口难调，最后经过几场辩论，我们终于决定做一菜一汤。我们将用这锅水做野菜汤。

说做就做，我们分成几个小组，一组负责采集野菜，一组密切关注这锅水，不停实时播报水的最新情况，争取在它烧干之前将野菜放入锅中。

而我，荣幸成为掌勺者。我用树枝当铲子，不断搅拌着水，俨然大厨在烹调美食。

终于，在我们手忙脚乱的努力下，野菜汤成功了。弟弟还专门从屋里拿了几个小碗和盐，往锅里面加了一勺盐，一人一碗。我们就地而坐，喝了个精光。

吃饱喝足，大家趁着干劲十足，准备饭的烧制。这边，我们收集着食材，另一边锅早已烧出糊味，忙中出错，不知谁一不小心把火浇灭了，我们又忙着

重新生火。经过几番乱仗之后，一切才终于步入正轨。

我们原来打算用真大米煮饭。无奈舅妈拦着，坚持说我们一定会糟蹋粮食，不肯松口。我们只好找寻其他的东西代替。

见过泥土烧制的饭吗？今天我算是见识了。我们怕泥土烧糊，就在下面垫了点水，再把泥土放了进去，有些大孩子觉得这样米饭还不够精致，就摸了摸身上的口袋，把卫生纸拿了出来，一点点撕碎扔进泥土里，当作是胡萝卜丝。

后来饭烧制成了，没有想象中的美感——一块硬邦邦黑乎乎的东西里夹着白白的点点，就像是一块发霉的黑铁。

不过我倒是觉得这样才具有个性。

天人晴雨表：明月别枝惊鹊，清风半夜鸣蝉

又是一年的暑假，模仿着山鸟的叫声，望着呼啸而过的风景线，心早已飞回到我的"欢乐谷"。

"外公外婆好！""好，好！"

"大舅、舅母好！""嗯！逗逗长大了！"

外公依然戴着那顶深蓝色的圆顶帽，中指和食指间夹着带火星的烟；外婆依然笑声朗朗，手中掂着几十年的锅碗瓢盆；舅舅、舅妈裤腿裹着泥巴，吆喝着牛羊猪鸭。仿佛一切从没有变过。

天边，刚泛出鱼肚白，我和弟弟准备杀出"城"去，我要证明给他们看，"我这个小城来的小丫头也是女汉子，会打滚，会上树，还会捉黄鳝！"我大声喊了出来。

橘树园里有条很清的小渠，总能看见摇着尾巴的黄鳝从泥里钻出来，抖抖身子吐个泡泡又钻进不远处的洞里。弟弟拉着我跳进渠来，他手伸进洞里摸来摸去，一把捏住了黄鳝头，直起身递到我面前，"接住"。"我就怕黄鳝！"我哆嗦起来，显然忘记刚才自己的豪言壮语。"怕啥，它不咬人！"我壮着胆子，摸了摸那背黑腹黄的精灵，黏黏的，软而热。我一咬牙，从弟弟手中接过黄

鳝，它却拼命地挣脱了我的手，我就不信了，这样还抓不住。我们追着那只顽强的黄鳝满池子跑，上演了一出"警匪片"，剧情是满渠清水变浑水，而结局是黄鳝瞬间人间蒸发。

"等晚上天黑了吧！"弟弟安慰我。天刚黑，弟弟就提着小桶，揣着手电，拽上我到渠里去。弟弟沿着沟渠打开手电寻宝，突然手电定在那里不动了，我看见一条黑影像被魔法控制住了，弟弟屏住呼吸，跪在渠边，麻利地一伸手，黑影就被牢牢抓在手中，"鳝鱼！"我叫出声来。好奇和刺激拍打着内心，立即拜弟弟为老师，学会了他的十八般武艺，很快小桶装满了活蹦乱跳的黄鳝。

爸爸瞪大了眼睛，怀疑这又是哪个人的鼎力相助，但事实就摆在面前。爸爸破天荒地说："让我来犒劳一下这两个功臣。"爸爸把鳝鱼倒在清水里，然后滴几滴香油。锅里一会儿泛起白沫，油正得意地炸着花椒、葱、蒜和辣椒。爸爸把桶里的鳝鱼沥干水，说时迟那时快，左手扶桶一倾，右手把锅盖盖上，只听锅里噼噼啪啪响，揭开锅盖，用铲子翻几下，麻辣"盘鳝"起锅了。这回我当起了弟弟的师傅，手掐着鳝鱼滚烫的脖颈，把靠腹部带有内脏的一面撕下来不吃，把另一面塞进嘴里，肉嫩颈脆，鲜香绕舌。

天人晴雨表：树阴满地日当午，梦觉流莺时一声

快乐的版本是多种多样的。在无路的山坡往山顶爬行，手拽着草或树枝，脚蹬石头，手脚并用上演终极挑战。渴了，用手掬一捧清凉的山泉水；饿了，拔"鸡大腿"（一种根茎如鸡大腿的草），剥了皮，露出白生生的肉茎，咬一口，品出自然味；用炭棒在稍平的大石头上画一幅五子棋棋盘，用坚硬的树果做棋子，和伙伴们鏖战……

中午农人们荷锄而归，我们也带着身上星星点点的泥巴往家里赶，肚子早已唱起了空城计。

"开饭啦！"这个声音出现在这个时候最有感染力了。只见妈妈端来热气腾腾的土鸡汤。"妈妈，你真好，你是我的亲妈！""这娃子咋傻了？"妈妈似

乎不买我的撒娇账。

中午饭后，我和弟弟又开始工作。弟弟把一个塑料瓶锥了对穿的孔，放进了蚯蚓饵料，用毛线穿进塑料瓶，拴进由三根棍子架成的底盘座。我帮弟弟将他的"发明"放进渠沟里，守渠逮鱼。有几条指头豆长的鱼，或许是没有阅历，或许是禁不住诱惑，钻进了这个笨得出奇的钓鱼瓶，弟弟高兴地一蹦三尺高，捧在手心逗弄着，这样外婆的家中又多了一个小鱼观赏瓶。

太阳快下山了，院子里开始上演摔跤。小脸哥哥永远是领先的，一招一式，三拳搞定弟弟，弟弟输了不服气，便来找我。可我哪是他的对手，没法子，三十六计，逃为上策！我带着弟弟，跑到卧室，跑到地窖，又跑到楼上，小脸哥哥还是穷追不舍。我和弟弟逃到田里，"来呀！来呀！"小脸哥哥追过来，我们连根拽起田里的草扔过去，小脸哥哥一把接住，眼前一亮，"看，这是三棱草，可以预知阴晴呢！"我们又惊又喜，开始撕草预知天气。从两边撕开草，若撕后成#字形就是晴天，若出现"人"字形就是阴天。草也有故事，真是神了。

天人晴雨表：水满有时观下鹭，草深无处不鸣蛙

不自觉中，车子已经平稳地驶向了大山深处。如今，各种大规模的机械设备在欢乐谷里相继登场，挖山，挖土，建房……山头前面的居民们都因为一项项工程移走了。

我们回来时，连找外婆家的路口也费尽周折。我看到的村庄，野草横飞，了无人烟。看着如此荒凉之景，以至于让我很难再回忆起以前的模样。过去的景色消失得如此彻底，没有任何铺垫，说没就没了。恍惚间，心中有了些许惆怅。

"这外面的路都修好了，以后进来就容易了。"爸爸望望窗外，喃喃了一句。我看了看窗外的景色，有现代气息。这个地方是博物馆，那个地方是家属楼，这个地方还可能是体育场……但是哪一个都没有我熟悉的感觉，看得越

多,越感觉有一堆冰冷的东西直压在胸口,我有些喘不过气来。

这样的景致一直延伸到外婆家。外婆家也换了一个模样,一座两层小洋楼。楼下没有筑巢的燕子,旁边没有自由的爬山虎,地板上也没有了杂草。看到这儿,心里百感交集。

唯有外公家外面的山脉和不远处的动物提醒着我,我回来的地方正是我朝思夜想的。除此之外——我跑到河边,迎接我的不再是潺潺的水声。那条河是迟暮的老人,趴在大地上,苟延残喘。河的两边堆满了垃圾、烂橘子,不再有绿柳、池塘等美景。我赶忙收回视线,生怕多看一眼,会永远改变了脑海中的美的回味。

这次回来,像是什么东西正在悄悄改变着这个山谷,也改变着我。那个东西像是一双无形的大手,推着你向前走,让你无力回头。我不敢再去想象,什么还会变化。

亲爱的朋友,请告诉我,是谁改变了我的欢乐谷?

点评:用细腻的文字生动地再现了欢乐谷的童真、童趣以及欢乐谷改变后的忧伤。用细致的文笔描绘或真实或想象的画面,童趣跃然纸上。(许红慧)

学院里的那些事儿

记忆是被封存的宝盒。

听妈妈说，小时候的我是顶个的聪明可爱。出生才七天，从医院回到家，听到熟悉的胎教音乐，便"哦——"一声，右脚丫开始上下蹬，努力地打起拍子。

小时候，在我眼里妈妈就是我的神。我第一次学走路，紧紧抓着妈妈的手，缓慢地迈开步伐；第一次学说话，盯着妈妈的眼睛，嘴巴不停地一张一合；第一次学吃饭，拿起妈妈放的勺子，往嘴里塞一口饭。几千次上万次的摸索锻炼，使我学会了不少生活的本领。

幼时，幻想是我风筝上的线

我被爸爸安放在家门口的草坪上，看着这番美景，希望下一秒，就在下一秒，那个梦中的仙女能过来，实现我五百个愿望。

上幼儿园了，我最喜欢玩"飞天小女警打怪兽"。我当最美丽的花花，张梦楚当可爱的泡泡，只有那个可怜的张梦秋，当最有男子气概的毛毛，几个男生当超级大怪兽。我带领大家在幼儿园走廊里飞奔，嘴中不时传出"怪物……别跑！"的喊叫声，一次次的游乐，我们满头大汗，直到筋疲力竭，才肯收兵回营。

夜幕降临。我们最爱玩的是躲猫猫——一声令下，各路"逃荒人"四处逃窜。我经常躲在楼道中的破柜子后面。楼道的灯光很暗，有时蜘蛛钻到衣服里，还浑然不觉，直到被同伴的尖叫声唤醒后，低头一看吓出一身冷汗。

上小学，我把文字做成了翻飞的风筝

在河边漫步，那金子般的阳光洒在河对岸的高楼上，仿佛给它们披上了一层金纱，大桥横跨两岸，如虹般气势磅礴。爸爸牵着我的小手，为我指点风景，激扬文字。打那以后，我发现，文字的魅力让我痴迷。我会把我的文字写在纸片上，我的房间贴满了我的纸片、我的字迹，当我静下心来时，我会改它、读它、品它，之后就是陶醉和满足。

小学四年级时我还在模仿崇拜中行走。随着我被文字滋养，终于明白，我是独一无二的，虽然并不超群，但也有一份属于自己的光彩。我是一颗独特的钻石，我开始学会将自己抛光、放大，直到变成具有独特魅力的世间珍品。

记忆如泡泡，虽晶莹剔透却易碎。我收藏记忆，无论今后观看多少遍，我都会说："这是一部美好的片子。"片子里的每一棵树，每一朵花，每一段友谊，都见证了我的生活。

为了更清晰地收藏记忆，我用文字和笔做工具，做一件有意义的事——写日记。我常把日记本锁在柜子里，日记是我心情的晴雨表，我要锁住我的秘密。三言两语写的是我的失望，浓墨重彩写的是我的活力；轻快明朗证明我的欣喜，漂浮不定反照我的尴尬。我用笔记录心灵的每一次颤动。我常在灯下独自品赏我的日记，就像故意打翻了五味瓶，打开以前的喜怒哀乐，看着看着，禁不住笑出声来。

日记中，我被爱包围着。失败时，有人给我鼓励，我的笑又绽放在脸上；难过时，有人给我抚慰，甜蜜的爱赶走我的伤心。我一直相信一路走来，只有爱相伴才能越走越远，才能扬帆远航。友谊是我坚实的双翼，支撑着我，跨过大风大浪，飞过千山万水。

日记中，我造出了理想的小船，小船上写着"将来要当一名主持人"，为了让我的小船启航，我在演讲台上打拼，在题海中斩风破浪，在自己的内心划动双桨。太阳就在山顶，不停地走就能拥抱我的太阳，我坚信。

翻开日记,"离别"仍是令人揪心的文字。

那个下午,天也皱着眉头,楼梯道上重复上演着疯闹。忽然,我看见闺蜜付若冰眼眶微红,走进教室后把头埋在课桌上,肩膀微微地抖着,我的心一下被揪了起来,走过去不安地问:"你怎么了?"她不语。

"你过来一下。"我的身后被轻轻拽了一下,一扭头,看见李舒妮的嘴抿着,不时将眼睛朝上望去,试图将不争气的眼泪收回去,"付若冰要走了!我们明天就见不到她了!"

"这……这不是真的,对吗?"我眼圈红红的。"嗯,是真的。"我坐回座位,不舍地望着付若冰,她正弯下腰扫地,抽泣的声音一直萦绕耳畔,"这是付若冰最后一次扫地了,"我对自己说。望着即将离去的伙伴,突然希望时间能倒退,想象着在一起的朝朝暮暮,不争气的眼泪在眼眶里打着转,"不行,我不能哭!"我对自己说。以前听惯了千篇一律的告别故事总是不经意,但是今天一旦走进故事,成了其中的"角",原来是那么令人揪心。

晚自习下了,我们沿着走廊慢慢走着,今夜,只有一轮明月给大地镀上一层银光,淡淡的,忧伤的。我们围着付若冰,"执手相看泪眼"在这一刻生动地诠释了出来。

一阵阵凄凉的风摇曳着树,沙沙作响,天上的云渐渐掩住了月亮的柔美与灵动。"唉……"我支撑着身体,仰望着眼中空洞的黑色,"离别事,十有八九,别太在意!"班主任张老师开导着我们。可友情是打断骨头连着筋呀,大人们不懂我们的心吧。

我翻看了张老师的空间,原来张老师也有自己的喜怒哀乐,付若冰的走她更不舍呢。平时张老师在空间里只发一两句,可这次她写了好长一篇文章,既有对付若冰告别的留恋,也有对我们这群还在她身边的孩子的细致入微的体察,字里行间藏着她的情和爱。以前总觉得张老师是一堵墙,也曾希望"能和老师们勾肩搭背地在一起玩","真希望给老师一张同学录,然后再签上名"。

当师生之间的那层纸捅破了,我们忽然发现原来的墙只不过是纸做的。我不愿猜想最后一次来学校会是什么样子，老师和同学们会不会一把鼻涕一把泪地告别，但是，我总是希望时间能够慢些流逝，人与人之间的磨合与爱是在日子中汇聚成爱湖的。

我憧憬着未来，也怀念着从前。曾经跑过的走廊，曾经听过的叮咛，曾经有过的欢乐，曾经有过的梦想，都被珍藏在心中。当记忆被翻过时，猛然发现，原来过去的一切都是那么可贵。

老师，我们还能见面吗？朋友，我们还能一起玩耍吗？大树，我们还能互相给予爱吗？升旗台，我们还能互相传达感情吗？……太多的千言万语都无法表达这六年的可贵时光。有时，总会给自己一个总结，就像我曾参加"水都—首都手拉手"活动时，跟班走进皇城根小学教室听课，一位北京老师说的："也许我们相遇也是一种缘分，我们能遇见你们，能教你们上课，也是一种机会。世界上，茫茫人海中能相遇，我们都应该要珍惜。"是啊，现在的第六年，最后的告别，真应该对母校发自肺腑地说一声：谢谢。

面对未来，我们的小船也许行驶在薄雾中，但请不要放弃。记住，你的甜蜜回忆都是你的动力。时光荏苒，但母校中总存留一丝你我的气息。

就这样，日记记载着欢乐时光陪伴我一天天长大，直到12岁生日典礼，才惊醒快乐无忧的童年梦，小学六年黄金般的时光一晃飞而去了。

初中，等风放飞的心情觉得很美

我成为一名初中生，进入了新的校园，发现一切都有了距离感。楼似乎高了，人也多了，面孔也变得陌生了。

上课铃响起，在灰突突的讲台上赫然站立着的是新老师，我心不在焉地听着课，无法把小学带色的校舍、带笑的师者从脑海里移走！在我看来，眼前的教室里什么都尘封着一层灰，墙上的漆也掉得只剩下支离破碎的残渣，充满着隔阂与苦痛。恍恍惚惚，仿佛我还坐在那个常常摸着我脑袋，给予我鼓励的教师面前。

自行车蹬得越来越快，远远甩过了一个一个行人，我希望能找寻到童年的印记。这次，我在小学学校边驻足半晌，最后却丢魂式地离开了。我深知即使今天再不舍，也无法扭转时空。

　　几天后，学校里桂花开了。香味弥漫整个校园。偌大的校园只有两棵桂花树，一棵开白花，一棵开红花，但香气盈满教学楼。桂花树不起眼，未开花前只是沉寂地站在一旁，直到花开，再洒满地，香满院落，才引起人们的注意。桂花清新而自然，不招摇，常常在不经意间暗香袭人。它枝儿上的花在微风的唱和下，跳起了不归舞，繁花落了满地，显得有些凄凉，但是它们自己却丝毫不伤心，总是饱含激情地希望下一次开出更烈的花。我有些震惊，仿佛顿悟了些什么。

　　窗外有户人家，第四节自习课写作业时我总有个习惯性动作——使劲地吸气，只为了吸一口饭菜的香气，除此之外，还有青草泥土的芳香。写着写着，总是不由自主地联想。幼时，我在姨婆家吃饭时还能闻到树上的绿叶阳光味。我说不出来那种味道，很怪，又很怀念。那不是山珍海味的浓烈。

　　学校附近有家小吃店，店老板的手艺是一流的，小店的生意很红火，老板找钱时手脚也很麻利，那双手就像飞针走线。我常禁不住诱惑，特别是烤肠的香穿云破雾般钻进我的鼻孔时，我就又一次做了舌尖的俘虏，咬一口吱吱冒油的香肠，入口的还有热辣的孜然粉，它刺激着味蕾，辣得直呼气，还直呼着："好爽。"

　　时间总在和人开着玩笑，就在诸如一个香肠、一个烤串的品尝下，一忽间让人思维发生天翻地覆的变化。我开始追求新的生活，开始适应陌生人。就从此时，我和我的老师熟络起来。令我惊喜的是，我现在感觉所有的老师是那样有特色，那样招人喜爱。

　　老姚同志是第一个给我惊喜的人。他人长得蛮高，身上永远挎着一个小包，那包里装满了降服学生的锦囊妙计。我们总在不经意间看见一个黑影在教室外溜达来溜达去，一双犀利的目光常在教室里游走，你要是被他抓住算是"三生有幸"了，将接受终极惩罚。"宁可当暴君也不当亡国之君！"国有国法，家有家规，偏偏就是有人爱犯"法"，总会被神出鬼没的老姚抓个正着，也许过不了几天半月，那几个"混世魔王"也会服服帖帖的。

"你，你，你，站起来！"老姚知道我们的习性，爱向外窥探这位明君有没有来。老姚常会来个出其不意攻其不备，专门围着校园绕一大圈，从隔壁班后门突然一个箭步跨进来，抓住几个不安分的主，后果可以料想——在这个班中只有当乖学生才有立足之地。和老姚斗，就算使上孙子兵法，也无济于事。

一次放"十一"假前，老姚搬来了一个"兵"，这个兵是老姚同志带的上一届学生，以优异的成绩考上了襄阳五中（在五中，他可是赫赫有名的学霸）。老姚整天不停地唠叨李亚敏怎么怎么怎么啦，讲这话的时候，我们发现他的脸上仿佛贴了一层金子。"有请李亚敏！"雷鸣般的掌声响起，只见一个和我们一般稚嫩的小鲜肉走上讲台，开始讲述他和老姚的故事，还有小鲜肉的学习秘笈。说真的，当时听着那些琐碎小事时我都有想哭的冲动，老姚却装作若无其事地翻书，他翻动书页的时候，都是台上那位仁兄说得最感人的时候，他们之间的故事，包含更多的是不舍和感恩。就像我们告别小学母校时的感情，当我们失去的时候，才会对极其细小的琐碎情节备感珍惜。整个教室空气凝滞了，老姚和他那个学生是主角。小鲜肉除了笑笑，还不时深情地探望着他的恩师，而老姚的标志性动作只有一个了，就是翻书。但是，翻书的速度快了起来，他似乎想掩藏什么，不想让我们看见他的柔情，莫不是他内心那最软柔的地方被触动了？我不懂，人的感情就是那么奇妙。我被一段段普通的生活激出了眼泪，体内的血液被点燃了，开始升腾了。

"你们要理解、体谅老师。"三年后老姚站在讲台上，说了一句掏心窝子的话。

我坐在下面，记忆的画面一幕幕上演，误解，愉快……不同的场景编织成我的初中生活。

快要分别了,一人流泪,两人安抚,然后是抱团哭……每个人或是被这种情绪感染——相互拥抱,彼此祝福,互道珍重。

我怎么啦?也哭得稀里哗啦。我之前想好把自己装上铁甲:不能哭的。

但是,但是——这是初中的最后一节课。我永远记得,有一个被我们称为老姚的人,他的一次深深鞠躬和一句"谢谢";我永远记得班里的一张张笑脸,一个个富有特色的同学。

老姚提出了初中的最后一个"馊"主意:让我们在操场上跑步,大声喊我们是毕业生,为中考鼓气。这一次的奔跑,谁也不想停下来。真是好笑,体育中考前老姚逼着我们跑,我们还想尽方法少跑几圈,今天,却像是注入了无穷的活力,脚步从未停下。我们像是约定好了,要用跑的形式来证明我们的友谊和青春,用跑的誓言为我们的将来做好注脚。

一圈,又一圈,我想起了那段奋斗的日子,跑道上有我们汗滴的印痕,教室里有我们奋笔的苦累,回家途中有我们和伙伴咬耳朵的秘密,想起这些,又抑制不住内心那根琴弦。

"千万不要把我……把我给忘了。我们不在……不在同一个学校上学,答应我……我不会忘了你。"一个同学跟着我往前跑,早已哭得不成样子,我没有回答,仿佛心中的那个琴弦要断了,未来的事,谁又能猜得准呢?

那个跟我很要好的女生仿佛实在支撑不住了,开始"仰天长啸"。整个操场都回荡着叫声。我突然笑了出来,紧接着她也笑了,我们俩笑得没心没肺,笑得有些癫狂。这样一笑,倒是把泪抖了下来,顿时感觉心情舒畅多了。

该走的还是会毫不留情地走,你是拽不住时光的衣襟的。

不知道有一天你们还会不会记得,有一种学神叫张哲鹏,有一种学霸叫张芷若,有一种文艺叫张树玥,有一种活泼叫李雨馨,有一种呆萌叫张颖钰,有一种单纯叫夏悦,有一种逗比叫朱子薇,有一种美丽叫黄安琪,有一种卖萌叫孙雯荻,有一种善良叫盛书馨,有一种自恋叫李青卉,有一种开朗叫李舒妮,有一种犯二叫徐怡冉,有一种淡定叫章松严,有一种肉麻叫张劲松,有一种乐观叫代毅，有一种幽默叫陈之凡……还有很多很多，来不及细写，谢谢你们一直在，大七班，我们在一起！

我会怀念初中的——曾经厌烦也罢，喜欢也罢，那始终是我的一部分，是我成长的面包和牛奶，我会慢慢品味，珍藏于心。

我和芭比

我：我房间里的布娃娃多得很，可逛街时我看中了新版的芭比娃娃，去了三次看了三次，真的好喜欢，我的心事爸爸最懂，我心想事成，拿起娃娃往家走："芭比，跟我回家！"

芭比娃娃：我被放置在方格柜子外沿，我没有心跳，却焦急地等着我的买主。那个留着妹妹头的小女孩买下我，虽然不名贵，但我有思想，只有有思想的人懂我。我不知道，她说了什么我就跟她走了。

我：我拨开了那讨厌的铁丝，她身上穿的是婚纱，是那种淡雅的婚纱，还穿着漂亮的高跟鞋。拿出那些艳丽的服装，在她身上摆来摆去、套来套去。那个下午，我的眼前一直是她可爱的模样，我知道，我是无法抗拒的。夜色降临时，我将她放在房间的柜台上。从此，一进房间，就可看见那纯真的笑脸。

芭比娃娃：被稚嫩的小手一直抚摸着，我渐渐地懂得幸福的味道，那个漂亮的小姑娘把我的枷锁拿掉，但是身体还是冰凉的。我被抚摸了一下午，有一丝奇妙的感觉，是一种很神奇的暖暖的感觉，这可能就是叫作被爱吧！傍晚降临时，我被安置在房间显眼的位置，我的心莫名其妙地被感动了，这就是我的家了。

我：这几天，我忙于学习，但是闲暇的时候也不忘拿出梳子在芭比娃娃的头上梳个造型，再摆个 pose，对她微笑，和她说说我的心里话，像对待我的好伙伴一样。

芭比娃娃：那个小女孩，不，叫她姐姐好了，这几天没有闲心管我，有一点失落，双休日一有时间姐姐就开始打扮我，我是姐姐的影子吗？是她的伙伴吗?

我：我的房间装修了，许多美好的回忆随同房间新粘的墙纸而消失了。我喜欢布娃娃，妈妈就把我房间里摆满了各种娃娃。娃娃的存在让我的房间有了生机，不至于呆板无趣。"芭比娃娃，布娃娃。"当我在收拾房间时，边念叨，边寻找，是不是少了一个？总感觉少了一个呀。那个是不是很重要？我心里知道，她不过是个布娃娃。我并没有太在意。如果找不到，就让它随风飘逝好了。

芭比娃娃：小主人的房间装修了，非常好看。我原以为可以和她分享一切的喜悦和新的梦想，但是，我却被遗弃了，我被收拾到了一个狭小的空间，没有温暖的语言，没有温暖的小床，只有蜘蛛网陪伴着我，我孤独地坐在角落里，很失落，心里不是滋味……

我：长大了，我不是小孩子了。也许，我现在不需要布娃娃的陪伴。我只把布娃娃放在柜台上，静静地看着她们笑。我没有再拿下来抚摸，没有再用心去爱她们。只是把她们当作一种摆设，一种心里的安慰。那个我曾经遗忘的芭比娃娃，已经不再去想念。

芭比娃娃：我记忆中的那些温暖的幸福感觉已经定格成永恒。但我永不后悔，因为我曾经是小主人姐姐的最爱，伴她度过了一段快乐美好的时光，也成就了我的价值。姐姐已经长成大孩子了，有更多的事要做，有更长的路要走，一路定会遇到更多快乐的时光与事情，我祝福她快乐、健康成长……

我：就这样，房间里每件物品与芭比娃娃一样，都有一段快乐的童年往事，它们都承载着我的成长足迹，连结着我的情感，滋养着我幼小而丰富的内心世界。

写于 2009 年 5 月

我弟弟的三大秘密

第一大秘密：我和弟弟是亲姐弟？

自从小姨家的儿子珺珺弟弟到我家，我就很害怕和他一起出门，那是因为我们年龄相仿，他比我小两岁，而且长得有点像，外人总以为我们是亲姐弟俩。可偏偏他特挑食，长得瘦骨嶙峋，小腿细得还没大人手腕粗，感觉身体根本支撑不住他硕大的脑袋，个头比同龄人都矮一截。在街上我们一起走，总是听到人在后边指指点点："这孩子的妈太偏心了，好东西都给姐姐吃了。"每每听到这样的话，我的脸霎时变成红透的苹果，伤到我的那个小自尊呀，我和爸妈也背不起这个黑锅呀。

"我走在前面，你走在后面，离我远点！"每次我俩一起外出去绘画班学习，我总是用命令的口气对他说，他也乖乖地点了点头。我走在前面，他走在后面，为了不走散，他一直盯着我脊背上的画夹板，几乎每次都是这样。我时常盯着镜子犯嘀咕："我的脸是圆脸，他是方脸；我的眼睛比较大，他的较小。到底哪里像呢？"

弟弟喜欢助人为乐，又勤劳，经常受到很多人的赞赏。这时，我脸上也特有光，我想抬起头仰起脖子告诉他们："他是我弟弟，我们俩是'亲姐弟'！"

第二大秘密：弟弟是老鼠的后代？

"珺珺，你给我过来！"我火冒三丈，脸顿时憋红了，拳头握紧，另一只手直直地指着那堆东西。那天，我在找彩色纸，无意中闻到一股臭味，一堆发霉的小西红柿出现在我的眼前，将盒子里的彩色纸染得变了脸。我知道那是他藏的食物。

他低着头，看着那堆充满腐烂气味的东西，傻了眼。我问道："这是你藏的东西吗？""嗯！""你是老鼠呀，喜欢藏东藏西！"他不看我的脸，只是木讷地说："姐姐你别气，我就是要考考你观察事物的能力！"我噗哧一笑，珺珺弟弟狡辩得可爱。

有一次，妈妈刚起床，一脚便踏上一摊粘乎乎的东西，还有一股香气。仔细一看，原来是弟弟藏的一根雪糕，已经融化成冰泥了。弟弟像老鼠，喜欢藏些有趣的东西与爱吃的食物。从他藏的那时起，我就开始担任家庭福尔摩斯职务。每次他鬼鬼祟祟地走进角落，我们就开始上演猫抓老鼠的戏。他有时会藏一些吃的东西，什么地方都去藏，衣柜角、盒子里、有床单遮掩的地上……我的房间总是牺牲成为他首选的地窖，时时会弄得一阵阵臭气，这一来，总是闹出了不少笑话与风波。各样的"迷藏"新玩意也不断地考验着我这个当姐姐的智力；他又执着、坚持，有时我也会被他的调皮而感染，反而为这"聪明老鼠"而鼓掌。

第三大秘密：弟弟是婴儿？

这个秘密我总是感到无奈，那个能使我起鸡皮疙瘩而且腻人的秘密。"吃饭饭""好香香""我要骑车车嘛！"……这都是九岁的他的专利语言。似乎是受他的两岁妹妹的"良好影响"，越长越小。不管我怎样用流畅的语言引导他，他都总是出其不意地来一句令人发冷汗的话。

他吃饭嚼得很有劲，还经常发出很恶心的声音："嗯，嗯嗯，菜菜好好吃……"我时常以牛奶为条件逼迫他把嘴堵住。事后，他总是按部就班地接着运行婴儿言行，乐此不疲。我总说他是个婴儿，和他的妹妹同龄。他却不在乎，一口一个"无所谓！无所谓啦！"。

要说起他的特殊技能，就不得不提他的心灵手巧。弟弟的爸爸是个能干的木匠，弟弟受他爸爸的熏染，俨然一个称职"小木匠"，随身带着木匠的工具——"小锤子"呢。他的小锤子可是锤小作用大，锤子柄上有个多用螺丝刀，我家的茶几螺丝掉了，他就用螺丝刀一旋一扭，一会儿工夫就搞定了。花架散架了,他就用锤子叮叮当当,十几分钟就恢复原样。自从弟弟来到我家,遇到家里的小东小西不好了,爸妈和我总是第一时间喊道:"珺珺,快来看看,这个又坏了……""噢,来了!"弟弟大步流星地向事故现场奔去。一有时间,他就把捡来的木条和买来的轮子,做成小推车。他的这些巧劲儿令我这个当姐姐的刮目相看。

写于2010年8月

十字绣的魅力

妈妈飞针走线，一丝一缕，一针一线，在时间的指缝中一个个精美的十字绣亮相在我面前：卡通人物的卡包，金鱼妈妈与四个活泼的小鱼的挂钟，带有中国"福"字的钱包。抚摸着妈妈的艺术品，我央求妈妈："给我买一套，我也要绣！"我的理由是锻炼我的耐心和细心。

开工了！满怀信心的我，拿出线和针开始穿线，终于领悟了张飞穿针——大眼瞪小眼是啥样子。那根线像是中了邪，总是钻不进针眼，我不死心，穿一会儿再闭上眼睛休息片刻，接着瞪大铜铃眼睛，使劲地尝试、摸索——结果，要不就是线没进去，针掉了下去，要不就是针没掉，倒是线打出了一两个结……我把手指放在嘴边蘸点唾液，把线头用手指捻一下，再对着针眼，一下就穿过去了。终于，功夫不负有心人，穿了进去，"太棒了！"我不由得蹦了起来，但谁晓得后面的艰难路程远远不止这些。

穿好了针，却不知从何下手，看看例图再看看布，如麻线般的头绪映入脑海，好不容易找到位置却因为针从线头上掉下来而手忙脚乱半天。"开始绣十字绣却无从下手，我该怎么办呐！"我灵机一动，想起了小学老师教我的写字规则"从上到下，从左到右，先两边后中间，"我努力思索着，从中受到了启发，定格好要刺绣的方位。

终于开始绣了，我深吸了一口气，绣针从绣布下面穿上来时，总是眼手不统一而扎错方格，要不就是手被成为受害者，要不就是扎到坚硬粗线上，没过一会儿，那根针变成弯头戒指。我气急败坏，使劲地挠了挠头皮，生气地将它扔在旁边。等到心稍微平静了些后，我又拿起一根新针，望着这张千疮百孔的布，无奈地摇摇头。我叫苦不迭，但想到绣好后精美绝伦的图案，又忍住那颗浮躁的心。"心静如水！定力、定力！"我暗示自己，说来也怪，我重新点燃了信心与耐心，不再畏惧困难，睁大眼、找准位子，用持绣布的左手手指垫在刺绣部位旁边，三下两下，我竟能绣了许多格子。

我向成功又迈进了一步！

"嗯？我怎么拉不动了？线本来很长的，怎么这么短？"我望了望背后那如荨麻般的乱绳，一眼就看见了那个很大的疙瘩。这一下，我慌了神，我还是第一次遇到这种事情，该怎么办？我使劲拽那个疙瘩，试图把它拽掉。我使出了力气，"啪"，那根绳子被我拽断了，手也勒出了红印。我无奈地又拿出一根绳子，绣了几针后，又开始无奈地摇头，又打结了，而且更大一些！我束手无策，开始打退堂鼓，但又想起那幅优美的成型图案，吸口气憋足劲又开始用功。这次，我细细地观察疙瘩的构成，无意中，我将疙瘩中的丝线往后一抽，哈！解开了呢！原来我抽线太快，丝线跑不及也堆积一块了。我兴奋不已，细细观察我的杰作——虽然绣得不够100格，但有一种激动跃入心头。

如今，我把自己的作品——一个穿着绿花裙子小女孩做图案的钱包，用盒子包装好珍藏在上锁的保险盒里。现在，我已经满怀信心地买了第二幅"惊世之作"，有了前一次的经验，我相信成功触手可及，因为我相信十字绣的魅力是无法抵御的，因为它是毅力的见证，是快乐的活计，是记忆的珍藏。

心的抚慰

快舞蹈比赛了，我揣着一颗忐忑不安的心走向舞蹈室，可我的动作还很僵硬，我的信心早被狗吃了。

"周老师，我不想参加了。"周老师看了我一眼，什么话也没说就拂袖而去。我低着头目光呆滞地看着地板，不知道是坐在椅子上好，还是坐在地板上踏实。呆呆地望着他们翩翩起舞，那种音乐似曾熟悉，却无缘相遇。虽然知道，周老师让我跟着一起跳，但是迈不开这步伐，像被困住的鸟儿，不能逃脱无形的约束。

我的忐忑和逃避没有逃过高雪瑾的眼睛。高雪瑾只比我小三岁，是一个调皮的女孩，时常看见她在周老师面前做着一些小动作，让我们哭笑不得，是出了名的搞笑鬼。她停下了舞步，向我走来，拉起我的手说："快去跳吧，和我们一起。没事的，你的悟性比我好！"我的腿像灌了铅，贴在地板上不愿挪动一步。我缓缓摇着脑袋，嘴角慢慢向下蔓延。"走吧，没事的，真的！不要怕！不会的地方我带你跳""我，不去……""你就是来练的次数少了，其实多练习几次，你就找到感觉了。"她硬是拽着我走到舞蹈室正中央，我猛地看到她脖子上挂的小蛇还一跳一跳的。那个曾经捣蛋的小姑娘成熟了许多，我却像个小孩子，任她拉。我盯着她那个挂在脖子上的小蛇，她见状，捏着小蛇悄声对我说："我就是看了电视上蛇游走的美妙舞姿才爱上跳舞的，你看上面还有我的名字呢！人比动物要更懂得美！"她把我逗乐了。"你不会，周老师会教你的！""周老师说过不会教了！"我的眼泪像树叶上滚动的露珠，声音在回荡。

旁边的小师弟对我说："你会做吗？跟我一起，没事。""谢谢！""做慢点，她不会做！""是这样做的，看，会了吗？""这个地方做错了，这样，对，是对的。"

一句句话语化开了生疏，眼泪又一次夺眶而出，我多眨了一下眼睛，收了回去，看看地板上的倒影，那些纯真善良的身影，天使般的飞翔，感觉有股暖流回荡在全身。我的身影在玻璃上移动着，牵着高雪瑾的手，跟在后面，我笨拙的动作在后面晃动着。

结果，出人意料，那次我还得了拉丁舞少年组一等奖呢。

重温回忆，属于自己的有泪有笑的、快乐美好的童年回忆；重温了感动，属于自己的环绕在教室里的感动；重温了儿时的舞伴们，一群天真烂漫的的孩子的故事。

写于 2010 年 8 月

梧桐、老人和我

风敲打着玻璃，发出叮叮的声音。我打开窗户，将手中的梧桐树叶放飞，凝视着它飘然加入风打旋的节律，心中只期盼那片树叶能将我的思念带入梦里。

脸被风刮得生疼，不一会儿便红彤彤的。我飞快地骑着自行车，努力忘掉讨厌的一切。我的脚刚踩在地上，眼泪又像决堤的洪水，奔涌而出。我一边抽泣，一边踱步来到僻静的角落，那个地方不大，里面有一棵高大的梧桐树。到了秋末，几片叶子孤零零地挂在树梢，颇有"执手相看泪眼"的凄凉，我突然有种同病相怜的感觉。

傍晚，我孤零零地坐在树下，将两只脚伸进金黄的落叶堆中，感受梧桐树叶的温度。当我抬起头时，惊奇地发现那梧桐树枝上挂着一个漂亮的小瓶子。我一个激灵站起来，揩干了眼泪，好奇地端详那个小瓶子，瓶子不大，瓶口有个丝线，我把丝线一拉，里面有个用梧桐树叶包裹的小纸条，上面写着：叶不怕孤独，你呢？我犯着嘀咕：到底是谁写的？给谁写的？是梧桐树下住的那个脏兮兮的老人吗？是那个多次想和我搭话而我却不愿意理睬的老人吗？是那个经常将核桃、栗子等我喜欢吃的东西放在我家窗台上的神秘老人吗？

一片梧桐树叶打着旋飘下来，我伸出手掌接着它，第一次细细端详，灿黄的树叶暖意盎然，仿佛火在燃烧。"孩子，你爸爸妈妈曾经嘱咐我要关照你，我知道你不喜欢我这样的糟老头子，所以也没去找你，但这么长时间的观察，我知道你的心事！""知道我的心事？"我扭过身来第一次正眼看这位老人，头发散乱但慈眉善目，衣着脏但腰板挺直。

老人扶着梧桐树说:"你知道吗?这棵树是城区最光耀的大树,它也孤独过,因为挺过了孤独,与高空为伴,与鸟相乐,就成了树中的骄傲。""我想在乡下支教的妈妈,想出差在外的爸爸,有时蒙在被子里哭,我害怕孤独!""你看,这树上的小鸟,总有一天要离开妈妈的。"老人不温不火,但句句都让我觉得很耐听。"我控制不住想他们,最近成绩退步很快,还挨了老师的批!"

老人爱抚着梧桐树说:"你看它以前弱不禁风,我们都以为,要一命呜呼了,但是经历了风霜雪雨、虫害、被割皮等灾星,现在凭借着坚强的毅力长成了参天大树!"老人边说边望着天空,似乎在回忆。"老人是个护林员,一辈子与树打交道,他爱树如命,年轻时整天在山上跑,连个对象也没找着,就这样孤苦一人过着。听人说,梧桐能引凤凰,他二十四岁本命年时在自家屋前的院子里种了这棵梧桐树。退休后开发商要开发房产,说要砍掉这棵树,老人天天找领导,甚至哭着要保住这棵树,也许是心诚所至,这树总算留住了。"

"春天的时候,这树郁郁葱葱,到了冬天就光秃秃的了……但它从不感到失望,因为它知道明年还有新的希望,它会努力把根扎下去。"

我若有所悟。我打量着那棵梧桐树粗糙的树皮,青白中透着生机。

又是一个傍晚,我将自行车停下,刚把脚踩在地上,便跑进院落里,大声地喊着:"树爷爷,我成功了!我真的成功了!"我加快了步伐,将卷子一路高高地举着,呵!吹到脸上的风也是暖和的。"树爷爷,您看!"我将一只手放在树皮上,期待着老人的出现,没有老人的影子。"树爷爷怎么了?是不是病了?"

"树爷爷,您说句话啊!您看,我完成我的目标了!"那棵树纹丝不动,只有稀疏的树叶在沙沙地回答我的问题。

一晃半年过去了,我又来到梧桐树下,那个树枝上还挂着一个漂亮的小瓶子,我迫不及待地打开,上面字已很模糊:"恭喜你!不过要继续加油啊。你看看这树的纹路总是曲曲折折,但一直向上!"我的心忽然被暖流包围,我小心翼翼地将纸条夹在日记本中,不争气的眼泪又出来了。我把瓶子挂在原处,从那天起,我还是经常去那个角落,但是再也没有见到那位老人……

每当我抚摸着那漂亮的瓶子时,就会想起老人那热扑扑的心。

本文获湖北省作文竞赛特等奖

第三部分

兔子也要大声叫

我见到成功的妈妈了

七月份,我参加丹江的器乐比赛,一路过五关斩六将,杀进了决赛。但在最后的比赛中,出现了一段小插曲……

我和妈妈赶到赛场,一看2号选手刚上台,离我13号隔着十万八千里远。没办法,只好等。这是我第五次上台了,虽说也算是个年轻的老手,但紧张的毛病还是改不掉。在台下等候的时间真是度日如年呐!我一会儿想着手型,一会儿想着我的目标,一会儿想着放松自己。朱子薇的妈妈也来了,她是特地来给我加油的!我一下想到了朱子薇,他是在复赛"掉"下来的,我不禁感到自己很幸运,并更坚定了我的目标:冲入前三名,对得起关心我的人!

随着时间的流逝,一个一个选手上、下台,一声一声报号声,我着急了,我生怕紧张把我隔在胜利的大门外。我一会儿拿着谱子看来看去,一会儿又反复地背着乐章,豆大的汗珠从我的头上不停地滚动着,我的手、脚冰凉。一阵寒风吹来,我不禁叫道:"好冷啊!""请十三号选手,徐怡冉上场!"不管了!奋力一搏吧!我忐忑不安地踏上红毯子。一开始,和计划做的一样完美,但当我弹第二段时,突然感到脑子一片空白,我焦急地在脑海中奋力摸索着,寻找着那个音符,真如大海捞针!我随之又弹了几个杂音,那交杂的声音更提示着我,我心里默默想着:"怎么办!怎么办!坏了!怎么交差啊!"这时我随手摸了个音,啊!对了!我接着弹下去,这段"路"可不好走,我一会儿走,一会儿跌倒,一会儿又像迷失了方向的船,不知怎么行驶。终于,磕磕碰碰地弹完了,给评委敬个礼后,没多想什么,就冲了下去。妈妈正在下面等我,我跑过去,扑到她怀里号啕大哭起来。我原以为妈妈会批评我,但没想到她却风趣地说:"你这次虽然失败了,但'失败是成功之母',你已经见到了成功的妈妈了,差一点就能见到成功了,还有成功他爸了,努力吧!"说完,我便"扑哧"一下笑了出来……

其实那次比赛之前,我没有好好进行赛前适应性技术与心理的反复强化练习,导致了这个后果。那次比赛使我记忆犹新,使我更加相信"一分耕耘,一分收获""台上一分钟,台下十年功""水滴石穿,绳锯木断"这些名言警句的内涵。"坚持不懈,顽强拼搏就会有所收获""成功不是偶然的,不是侥幸获得的,而是临幸那些踏实努力积极准备的人"。这是我从那次比赛中深深感悟到的道理,它们如同一盏盏明灯,不断激励着我上进的信心,鞭策着我更坚实豪迈地迈出我成长的每个脚印……

2009 年 10 月全市演讲词,那年 10 岁

让我再看你一眼

亲爱的同学们，敬爱的老师们、家长们：

大家早上好！今天我很荣幸能站在升旗台上，代表全校六年级的学生，倾吐我们的心声。春去秋来，花开花落。弹指间，童年将与我们擦肩而过，而这段令人难忘的小学生活也将画上完美的句号。今天，当我们站在这片熟悉到再也不能熟悉的场地时，"毕业"二字，早已不再是一个轻飘飘的词，而是一份沉甸甸的精神寄托。对于难舍难分的同学，对于循循善诱的老师，对于朝夕相伴的校园，我们心中有着太多太多的依恋与感谢。

我们感谢老师——辛勤爱护我们的园丁！六年来，是可亲的老师带领我们遨游知识的海洋，翱翔理想的天空，构想灿烂的未来。是可敬的老师，用博大的爱塑造了我们健康的体魄、高洁的灵魂和善良的心。我们慢慢地长大了，今天，我们终于发现了一个秘密，是您们的爱和心血把我们浇灌得如此美丽智慧。我们不会忘记，老师您在讲台上的金玉良言，您在作业本上的呕心沥血，您在我们失败时的鼓励与安慰。恩重如山，大恩难以言谢，我们只能深情地道一声："谢谢您！老师。"

我们感谢母校——辛勤哺育我们的摇篮！六年来，我们在您的怀抱中尽情玩耍，享受着爱与梦想的滋养。这一切，我们感受至深——感谢您，笔直的松树，我们从您身上学到了坚强，"大雪压青松，青松挺且直"；感谢您，宽阔的操场，我们在您的身躯上挥汗如雨，您却不忘记录着我们童年的足迹；感谢您，有着文化韵味的教学楼，我们在您的呵护下，幸福快乐地成长……这些，我们一直铭记于心。情深似海、情动天地溢于言表，我们一起轻轻地道一声：

"谢谢您！母校。"

昨天，我们天真无邪；今天，我们努力向前。在接下来的一段时间里，让我们一起加油、一起向上。为了报答母校，为了感谢老师，展现出最好的精神面貌，来迎接人生的一个转折点。"今天，我为母校骄傲。明天，母校为我自豪！"

最后，我祝愿，母校前程似锦！老师们安康顺意！同学们鹏程万里！

谢谢大家！

2011 年 6 月毕业典礼演讲词，那年 12 岁

最想唱给党的三支歌

敬爱的各位领导、老师，亲爱的同学们：

大家好！

我叫徐怡冉，今天我演讲的题目是"最想唱给党的三支歌"。

蓝天如洗，鸽哨嘹亮，礼炮声声，党恩浩荡。党九十岁了，爷爷最想听我唱的一支歌是《没有共产党就没有新中国》。

"共产党他一心救中国，共产党他一心救中国，他指引人们解放的道路，他领导中国走向光明！"

九十多年前，一艘南湖上的游船从黎明中驶来，从此，革命有了航向。党以七月的名义，呼唤出八月的南昌风暴，呼唤出秋天的井冈星火，呼唤出长矛、大刀和红缨枪。忘不了太行山下抗日的烽火，忘不了微山湖畔嘹亮的歌声，忘不了四渡赤水勇敢的奇兵。在鲜血的党旗上，翻卷着的是"打倒日本帝国主义"的怒涛，流淌着的是为保卫祖国而澎湃的血浪！

莺歌燕舞，鲜花怒放，山欢水笑，齐聚一堂。党九十岁了，爸爸最想听我唱的一支歌是《党啊，亲爱的妈妈》。

"幸福的明天向我招手，四化美景你描画，党啊党啊亲爱的党啊，你的形象多么崇高伟大。"

大江南北，长城内外，神话般地崛起座座城；香港澳门回归祖国怀抱，百年奥运美梦成真；嫦娥奔月，神七飞天，长空高歌，宇宙喝彩；高速公路四通八达，高铁地铁穿山过海；上海世博展我风采，西安园博亮我胸怀。2011年，航空母舰试水成功，为祖国保驾护航！

党旗飘扬，锣鼓喧天，人如潮涌，万人空巷。党九十岁了，我最想给党唱的一支歌是《走进新时代》。

"让我告诉世界，中国命运自己主宰；让我告诉未来，中国正进行着接力赛，承前启后的领路人，带领我们走进新时代。"

党强则国强，党胜于欧洲则国胜于欧洲，党雄于地球则国雄于地球。年轻的我们，携起手来，永远跟党走；新时代的我们，坚韧顽强，薪火相传；跨世纪的我们，艰苦创业，续写辉煌；年轻的我们有"金戈铁马，气吞万里如虎"的气魄，也有"我以我血荐轩辕"的飒姿，更有"大江歌罢掉头东"的豪迈，那还等什么？那就勤奋读书，以身许国吧！那就长风破浪、扬帆远征吧！那就跋山涉水、攀登高峰吧！

谢谢大家！

2011 年 6 月 18 日演讲词，那年 12 岁

难忘"一二·九"

朋友们,当时间的车轮碾过今天的日历,我们都不会忘记这个特殊的日子。

十二月九日／一个普通但不平凡的日子／时间倒流。

回溯到一九三五年阳光依然懒懒散散／冬日依旧寒冷凄清／空气却急速地流动／因为在北平——历史的故都／发生了惊天动地的事件——为反对投降和压迫掀起了学生总运动／到处是挂满的标语到处是飘舞的传单／到处是舞动的小旗／到处是怒吼的口号到处是热血沸腾的青年／这一天／白云为之翻涌／大海为之咆哮／黄河长江为之怒吼／中华大地为之震颤。

因为／一个蹂躏不屈的民族／在苏醒／一个多灾多难的国家／在抗争。

我们不会忘记,那些在敌人的恐怖下高呼着口号散发着传单而不惜抛头颅、洒热血的青年。是他们,在国家存亡的关头,振臂高呼,促使了反动派的妥协。是他们,在民族生死的毫发间,热血横洒,促使了民族的觉醒。是他们,可敬可亲、可爱的青年,以他们的实际行动,展示了青年的热血豪情,以他们大无畏的勇气,诠释了青年的含义。

我们不会忘记他们,那些可敬可爱的青年,他们是民族的拯救者,他们是中华民族的先驱。那么,朋友们,正值青春年华年少轻狂的我们,该用怎样的行动诠释青年的含义呢?

处于二十一世纪和平下的中学生们又该如何去展现青春的风采呢?对此,我只想说两个字"努力"。也许我们会不屑地说:"现在是和平年代了,没必要为了去做什么大的贡献而整日去努力,那样会活得很累。"也许我们会哀怨地说:"人生苦短,一生能有几个青春,何不及时享受大好年华而让生活那么单调呢?"

是啊!人生苦短。难道我们真的希望这大好的青春年华就在虚度中而毫无意义地流淌吗?难道我们真的希望,当我们年老时,翻忆起年轻时的影集只能看到那单调的、苦涩的毫无意义的青春吗?难道我们真的希望虽然快乐但平庸地度过青春,然后平庸地度过一生吗?

不会的,我相信,每一个有理智、有热血的学生都期盼自己的青春大放光彩。

那么,朋友们,努力吧,趁我们还年轻。

年轻就是资本,年轻就是能力,年轻就是财富。朋友们,别再有那么多的犹豫,别再有那么多的彷徨,别放慢我们年轻的脚步,勇敢而执着地向前走,前方便是海阔天空。朋友们,努力吧,趁我们还年轻,世界属于我们,未来属于我们。

2011 年 12 月全市演讲词,那年 12 岁

给理想插上翅膀

尊敬的各位评委，敬爱的老师、同学们：

大家下午好！我叫徐怡冉，今天我演讲的题目是《为理想插上翅膀》。

在我心中从小就有一个海的秘密。我认为在翻越过座座苦难的大山后，定会看见一片海，那就是我的理想之海。

我第一次感受到主持人的魅力是在幼儿园里。我主持幼儿园六一节目，当聚光灯打在我的身上，我惊喜地发现所有人都在认真倾听，真心鼓掌，我感受到前所未有的快乐，从那时起，我就开始了当一名主持人的梦想。

为了这个理想，我暗暗为自己插上一双翅膀。但是我却没有料到小学期间的一次波折却给我的海掀起了飓风。我在上小学时被班主任点中做升旗台上的班级介绍人，要知道这可是荣耀的大事呀，我却自负地认为是小菜一碟，没有准备，草草上场，结果一紧张，大脑一片空白，引得全校师生一片哗然，成了一场闹剧。

从那天起，我刚长出来的理想翅膀断了。我开始有意逃避。我不想再登上那个舞台，只要站在聚光灯下，我就会回想起惨痛的经历。

"理想是什么？是要你充满激情去实现，是要你顶住困难去追求啊。"班主任的一句话一下子触动了我的心，对啊，它是我热衷的，怎么能为了这一点挫折而放弃自己的理想呢？我仿佛看到了一个插上翅膀的我正展翅欲飞。

"我要再试一次！"老师用鼓舞的眼神答应了我的请求。这一次，我夜以继日地练着，挥洒着汗水，我开始相信"谋事在人，成事在天"的古训。

当全校响起雷鸣般的掌声时，我知道我迈出了成功的第一步。从此以后，我如饥似渴地阅读优秀的文学作品，用我的手抒写奔放的心；我开始重视每一次大大小小的比赛，展示我的执着和风采；我默默地为我的理想勾画蓝图，用最亮丽的色彩激荡我诗一般的追求。

我深深知道，以后的路还会遇到风雨雷暴，也许会因此使翅膀受到伤害，但是我不会再害怕，因为我给理想打造了一双经得起风雨的翅膀。

最后，我想写一首诗献给我的理想：

在遥远的山的那边，是海！

是用信念凝成的海

今天啊，我竟没有想到

一颗从小飘来的种子

却在我的礁石上扎下了根

是的，我可能一次又一次地失落

冰雪严寒，狂风暴雨

我咬牙爬上那一座座诱惑着我的山顶

但我义无反顾不曾停留地向前走去

因为我听到海依然在远方为我喧腾

那雪白的海潮啊，夜夜奔来

——一次次召唤我年轻的心

为理想插上努力的翅膀，让所遇的困难变阳光；为理想插上坚持的翅膀，让理想的道路更为张扬；为理想插上热爱的翅膀，让如梦的人生更加光彩奔放！

我的演讲到此结束，谢谢大家。

2012 年冬全市演讲赛，那年 13 岁

我是丹江，我是水

我出生在名扬四海的武当山丛林，我是丹江大坝里的一捧水，是碧野笔下《人造海》中的一抹浪，是南水北调源头的一朵涟漪。

涓涓细流，汇入丹江。妈妈每每说起丹江水，眉宇间就写满了骄傲："我们可比其他地方的水干净多了，甚至比自来水都要纯净！"不错，你看，那水——碧波荡漾，从高空俯视，这是一幅完美的水墨画；从低处眺望，是一首和谐的交响乐。

一天，我和几个调皮的小水滴一同去岸边探险，就在我快上岸的那一瞬间，有个小女孩把我捧了起来，我吓得闭上了眼睛，妈呀，这回可算完了。但是却没想到，我从小女孩捡拾的塑料袋上再次回到母亲的怀抱。接着，我便看见那个小女孩小心翼翼地抖了抖塑料袋上的水，她的眼中写满了笑意。那一刹那，我心里竟涌起一种莫名的感动。"那个女孩正在保护我们的环境。"母亲回答着我的疑惑："你知道为什么我们那么干净吗？是丹江人守住了那份洁净，丹江人功高盖世啊。"

盛世赞歌，南水北调。为了一江清水送北京，我和丹江人从此各奔东西。丹江人，再次弃家舍业，1958 年，修建丹江大坝时骨肉分离，这次的难舍难分更是前所未有。在通向他乡的火车上，移民们不忘把我们这些丹江水装上一瓶，你看，车厢角落里那个老奶奶窸窸窣窣地解开脚下的编织袋，取出一撮儿红红的东西丢于水中，这是什么？红糖吗？不，那是故乡的土啊。难道这土也能当茶？奶奶的脸上写着骄傲，她说："有了这土，有了这水，不管我走到哪儿，都感觉不到夜长。"说着说着，她的眼眶红了起来。

如今，青山起舞弄清影，群鸟欢畅庆盛世；丹江歌罢掉头北，南水北调谱华章。

我不由深情地唱了起来：

故乡啊丹江最漂亮，

妈妈呀丹江好风光。

我把心儿贴近祖国胸膛，

一江深情万古流芳，一江深情万古流芳。

我只是一捧普通的丹江水，但是我却经历了不寻常的历程。是的，我见证了水美、山美、人美，我见证了文明，见证了美丽，见证了历史。

在此，我要大声说：大美丹江，我爱你！

2013 年夏全省演讲赛，那年 14 岁

第四部分

兔子蹦蹦跳

云南印记

云南是一幅淡淡的水墨画。

画面以黑色、灰色和白色为主色调,与普通的画卷相较,不同的是,"画家"用粗壮的线条甩在画卷上,恣意的横线竖线,随意的墨点,让神秘的气息喷涌而出。

大理街头,民族的胎记

花香是云南送给我们的第一份礼物。大理的街头很安静,漫步在每一条小道上,淡淡的清香萦绕在鼻尖,温和的天气让来自北方的游人备感欢愉,似是在花的温柔怀抱中穿行。

建筑是一个城市外在的灵魂。坐在旅游巴士上,窗外天空露出许久未见过的淡蓝色,让人想到了海。旁边的建筑以白色墙壁为主,白族的家庭喜在房檐上用深蓝色的颜色勾画出精致的花纹,又在墙壁中央用一道风景画将房屋分割成两个部分,似是给房檐描了一道精致的边;又似是白净的大姑娘头上扎了一朵素雅的结,让人百看不厌,日久生情。这建筑是水墨画,淡淡的,用清新、素净来形容一点也不为过。白族人用简约又不简单的方式,挥动画笔,心手相应,含蓄表达他们对未来的期盼。

下了车,云层层叠叠聚集在古老城墙的上方,而远山就隐匿在云的轻轻包裹中,看不清城的俊俏面容。这是我心中的圣土,阳光也发生了微妙的变化,炙热的温度、金色的光线,纯净而温和,皆不同于北方阳光的毒辣。

熙熙攘攘的游人穿梭于各色的店铺,最吸引我的不仅仅是上了年纪的古老的石质地板、灰砖白墙、雕梁画栋的门楣、刻有花纹的窗户，更是因为一条淙淙的小溪，从远处的山脉顺着街道轻快地流动，拐个弯就消失在街巷里。

阳光映衬下，风吹拂着柳，溪水随台阶般的层层阶梯顺势而下，携着金光连续降落，不断汇聚分离，不知疲倦地玩着游戏，在这片欢愉的水域中小鱼害羞地躲在水草中好奇地打量着行人。

我们行着，看着，间或被一个个穿着民族服饰的老人吸引，他们低头做着手中的美食，在一双双巧手的烹调下，空气中飘散着食物的香气。

间或穿梭于当地特色的博物馆，精巧绝伦的雕塑引人赞叹，精致创意的剪纸吸引眼球，繁复艳丽的服饰彰显特色，简约不凡的印染独具魅力。

丽江古城，永远的念想

丽江古城是个神奇的地方。

凹凸不平的地面见证着历史的变迁，踏上此地，开始与历史来场穿越和对话。

风车转水，映衬在白墙黑瓦上。转水水流，流出来的不仅仅是清澈的地下清泉，更是对每家每户真诚的祝愿，这水将随着修筑的沟渠迂回前行，为古朴的小镇送来永恒的祝福。

移步换景不仅仅适用于苏杭的园林，用来形容丽江再恰当不过。古朴木式房屋幢幢不同，古式雕花的房屋，双扇开启的窗户、木质的门，再加上精致的构造设计，让人在不经意间回到了木府统治的时代。

房与房紧挨着，中间隔着潺潺流水，偶或走上石桥，看一看远处道路旁各色的鲜花尽情盛开，赏一赏在窗户上随性飘动的绿色植株。有时停留下来，欣赏一下壁画，刻意制成的一整面的装饰墙，上面有当地人极具风情的东巴文字，那神秘色彩的线条符号总让人浮想联翩。这里的小店也是极多的，有经营美食的小摊，也有当地人自制的小工艺品，还有卖传统民族风情服饰的小作坊。

在街道上行走时，忙的还有听觉。非洲鼓在每一个街道都会响起，清脆的鼓声和着民族风味十足的乐曲，让疲倦的身心变得轻盈，脚步不由自主地踏着鼓点在石板路上拍打。

美中不足的，是在古城发展中频繁出现的关键词：商业化。

文化与商业常常似是一对矛盾体。丽江古城的商业气息有些过浓，文化与景点似是金钱的附庸品。越来越多的外地人进入丽江古城，卖着所谓的特色商品，将古城变成披着历史外衣的商业街，不复当年清纯的模样。

从导游的口中还可以大致窥见古城本真的风貌，那时还有当地人在这条街上行走，他们还会穿着古老的服装，将头发用白巾包裹，身后巨大的背篓里装着深山才有的物品。想到此，一方面为古城扼腕叹息，另一方面也恨自己同古城缘分太浅，才无法一赏古城古朴清纯的芳容。

古城里，到了晚上灯火辉煌，当红灯笼亮起，彩灯闪烁，水倒映出繁华的夜景时，美丽景色又一次夺人心魄。

这片圣土，也是奇侠艺人的创作之地。最令人欣喜的是，我无意间光顾了一家当地的特色艺术画室。一个不宽的店面，一个长发披肩的艺术创作者手持一块木桩，正操纵着烙铁专心致志地烙着心中的画卷，在闹市中静守着艺术的宁静。他用特殊的颜料通过烙铁着色，他的作品取材于丽江风景，随手拈来：有街道一角，有苍山洱海，有小桥流水，构思布局甚是巧妙，给人曲径通幽感。当我问及画师如何创作时，画师告诉我有一幅完整的丽江图景藏于心中。这就是所谓的胸有成竹吧，或者说是怀着对这座古城的痴恋，才能够下笔如有神。在艺术的吸引下，我毫不犹豫地打开钱包，让金钱找到了艺术的归宿。

山竹是云南满大街的普通水果，在内地一个山竹就让人心疼荷包里的毛老头，但是在这里，吃山竹绝对是最划算的选择。也正是在那个晚上的初次尝试，我们开始了山竹的扫荡。坐在大巴车上，身旁定有山竹相伴，一路上除了睡觉，就是吃山竹。褐红色坚硬外皮的包裹着，这种水果竟然有着一颗柔软的心。奶白色如蒜瓣一样的果肉包裹其中，爽口嫩滑，又十分有嚼劲，还有着牛奶的清香，让人沉醉。

听从导游的建议，我们也去体验了一把丽江晚上独特的文化娱乐项目——"酒吧嗨歌"。点一杯咖啡奶茶或是几瓶啤酒，坐在角落里就已经被台上激情四射的歌唱感染，各色的灯光将气氛烘托得恰到好处。

很多酒吧还会自备很多的装满绿豆的塑料瓶，"朋友们，用你手中的塑料瓶砸吧，砸坏桌子我们给你奖钱。"在玩笑话的刺激下，歌曲响起，下面砸桌子的"砰砰砰"声音也随着台上音乐合拍而起，我们大声唱和着、起哄着，这富有激情的声音响彻整个酒吧。我们驱散了生活中的憋屈，心里立刻轻松起来。一条街的酒吧生意喧闹了整个丽江城，疯狂的气氛让丽江这座古城活力四射，魅力永恒。

玉龙雪山，心中的圣地

云南是少数民族的聚居地，当地的民风淳朴，自然也就少了许多商业化的高楼大厦，人们生活于此，带着少数民族特有的剽悍和憨厚。

刚上车，导游便问了一个尴尬的问题："旅行团准备的饭菜好吃吗？"紧接着是一片赞扬的声音。

"好吃个屁！撒谎还不带打个草稿！"导游一针见血，"我们土生土长的本地人自己都吃不进去，你们还说好吃？笑话！"我们的导游五大三粗，脸因为长时间的暴晒而成酱红色。仅仅一句话，西南汉子朴实耿直的性格表露无遗。

在这样的导游带领下，我们踏上了行程。

"因为上山的人太多了，加上温室效应，常年积雪本来可以达到山体的四分之一，现在只有山的秃顶上还可以看见雪了。"导游在车上就开始诉说着一个丽江人对于旅游过度开发的种种不满，旅游经济带来的阵痛就是用宝贵的资源破坏作为代价，着实可悲。

"看不看得到雪山，还是运气问题。一年我们这些当导游的也只看过几次，如果是贵人，它自会露出真容。"导游说道。我不禁有些担心，神秘丽江亦以雪山闻名，人生中第一次与雪山的会面也将落空吗？

起来时还是星辰满天，黑夜的幕布将我的疑问掩盖，留下悬念，渐渐地，天空的一角淡淡的晨光晕染天空，左边出现一座高大的青蓝色山脉，我趴在窗户上，看到的只是云雾缭绕，雪山顶部并未露出来。也许，她只是在梳妆，羞于见人吧。内心还是揣着期待。

玉龙雪山，名字美丽，着实神秘。

"雪山！"叫喊声将我从虔诚的祈祷中惊醒，远处云雾渐渐褪去，一个娇羞的雪山顶露了出来，她正在把洁白的容颜呈现给她的贵人，或许认为只有我们才能读懂千百年来看惯悲欢离合的玉龙雪山。

群山绵延，我们在广袤的高原上奔驰。在山间穿梭，才发觉人类的渺小，玉龙雪山就似一座巍峨的自然神，守护着脚下的人民。

"山脚下的救护车可不是开玩笑的，高原反应在这里会更加强烈。"导游一遍遍地说着"危言耸听"的话，听得我们这些初来乍到的游客心惊肉跳的。

车子缓缓向着海拔高的地方开去，也许是被提醒后的心理作用，或许是真的出现高原反应，我的呼吸变得沉重起来。

我们将要乘坐缆车到玉龙雪山的半山腰。站在停车站，仰起头可以看见雪山直插入云霄。我的心里响起邦邦的鼓声，踏实厚重，一声接着一声，敲出神秘的色彩。

为了保险起见，我们一人一个氧气罐插在腰间。通往索道的是两段楼梯，刚跑了一段，就有些气短，喘不上气来，所谓的高原反应立刻显露出来。乘上缆车，在茂密的针叶林中穿梭而上，我抓住手柄，总有在缆车上坠落的担忧，腿也不敢动一下，只能保持一个坐姿到达半山腰。

到达目的地，迎接我们的是一大片草原。它延伸向远处，当地的居民就在那儿生活。雪山露出的顶稍纵即逝，大片大片的云雾早已再次将最后一点稀有的雪顶包裹起来，白压压的云朵塌向地面。

站在一个木制的观景台上，可以看见远处白塔、彩旗，几只牦牛在不远处的青草地上享受着青草的滋味，和谐的人物图景令人艳羡。没有走多少路，氧气瓶已无用武之地，不过我还是故意吸几口瓶子里的氧气，假装正在感受缺氧。

我们和一些晒得黝黑的当地老乡一起从缆车上下来，他们的脸上泛着健康的黑色油光，身上穿着藏族特有的服装，保持着千百年前延续的传统。作为雪山脚下世代生存的原住民，可能他们并没有感觉，但是我却在感激这群人无形中传承一个民族文化的星火，正是这样的坚持，才让现代人有幸窥见过去的生活。

紧挨着玉龙雪山较近的景区是一个叫作蓝月谷的地方。名字也是引人遐想，到底是怎样的湖水，能够称之为湖蓝色，犹如蓝宝石般柔和动人？

一路上树丛旁开着紫色的花朵，这种花是高海拔的常见植被。它生命力顽强，形成条条紫色的花带，给游人的不仅仅是惊喜。

一路的颠簸后，终于看见蓝月谷的庐山真面目。蓝色的冰雪融水不紧不慢地从玉龙雪山上缓缓流淌下来，纯净的蓝色让人不敢相信自己的眼睛；绿蓝色水流，随着特意设计的层层圆台阶梯，一级一级地向下跳跃。湖中没有鱼，有的只是整片天空。因为清澈所以见底，因为清澈所以蓝色天空中朵朵的白云也在湖中游动，明朗英俊的雪山披上青色的外衣，远处一根冲天的树枝，枝条伸向空中，那是虔诚的信徒仰望更远处早已云层叠加的高耸雪山，轻轻吟唱着民族的歌曲，祈求来年的风调雨顺。

神秘丽江，演绎千古情

夜幕降临，我们坐上了开往宋城的大巴车。导游在旅游车上大加赞赏宋城的节目，这更加引起我们的好奇，究竟是什么样的节目，让"愤世嫉俗"的导游也赞叹不已？

拿了票，进了宋城。富有民族特色的广场设计吸引我的目光，白塔顶部用绳子穿起的彩色小旗帜挂满整个天空，巨大的面具图腾矗立在不远的广场上。

宋城景区其实就是缩小版的云南，沿着缩小版的茶马古道缓缓前进。古朴的小镇，静谧的街道，迎面走来的是一个个骑着高头大马的将士，着一身戎装，英姿飒爽；穿着彝族服饰的姑娘，淳朴自然。恍然间，真有了穿越的感觉。

音乐响起的地方，正在进行着木府招亲。娇羞的女子穿着红色的盛装，佩戴着夸张的头饰，从闺房中出来，面含微笑，从栏杆下寻觅着自己的如意郎君，一旁的父亲轻抚着自己的胡须，赞赏地看着城楼下方的才俊。木府的招亲是以绣球花定终身的，我们正奇怪这演新郎官的到哪里去了，才发现这是一个互动节目。一个年轻的小伙子被硬生生拽上了舞台，几番有趣的对话，引得我们这些台下观众阵阵叫好，最终还是有情人终成眷属，剧场落下帷幕。

没过多久，我们随着人潮涌入剧场。剧场里座无虚席。

当大幕缓缓拉开，我才明白了其中的奥妙。现代科技赋予舞台以新的活力，八扇 LED 巨型方形立体屏幕矗立于舞台，在不大的舞台上，灯光赋予的层次感被运用到极致，一个个令人惊艳的世界不再是背后窄窄的一方背景屏幕所能容纳的，它所延伸到的是视线所及的每个地方；舞台极尽衍生，舞台不仅仅局限于面前的那方天地，或许偶然抬起头，天上飘过的是一个拿着大刀、为生存而战的将士；或是一个婀娜多姿、在神奇的飞毯上翩翩起舞的天竺国女子；或是在某一个角落，缓缓升起一盏红红的灯笼，情人的舞姿展现出二人的缠绵……在应接不暇中，我们不再感觉到视觉疲劳，有了参与感；节目编排独特，不再是一个个单纯的歌舞，而是以"古老的丽江"故事为主线，串起一个个篇章。讲到雪山与清泉忠贞不渝的爱情故事，讲到在茶马古道上为生计奔波、冒着生命危险为亲人坚守的普通人，讲到繁盛的木府、各国使臣的朝拜，一切皆以云南人的生活为原型，加以艺术的创造，就有了摄人心魄的魅力；还有舞美音乐与现代高科技的完美演绎，音乐如高山流水，婉转清澈，直击心坎，久久回旋，不曾弥散；舞美如点睛之笔，华丽绚烂，色彩冲击，耐人寻味。

如此用心良苦，造就了一个商业奇迹，确实实现了"给我一天，还你千年"的诺言。我感受到了雪山脚下，古老神秘的民族关于生死离别，关于爱恨情仇的千年历史，唯一不变的，是对这片净土深深的眷恋。

刚出剧场，就赶上了特殊的节目——篝火晚会。越来越多的游客集中于此，大家手牵着手，围着巨大的篝火，和着彝族特有的乐曲，在这片陌生的土地上，纵情地跳舞，篝火熊熊的光芒暖到每个人的心坎里去。

晚上去开了荤戒。坐在特制的土灶台旁，点了一锅热气腾腾的黑山羊肉汤，羊肉应是特殊处理过，膻气一扫而光，肉质爽滑，香而不腻。最后一碗浓浓的汤汁下肚，滋润了干渴的喉咙，也满足了胃里的馋虫。

石林，想像王国的梦

"远看大石头，近看石头大。石头果然大，果然大石头。"带着导游对这个景点戏谑的话语，进入负有盛名的石头集散地——石林。

山不在高有仙则名，为什么石林还吸引那么多的人？对于地理学家来说，自然间的各种岩层绝对是无尽的宝藏，沉浸于其中，百看不厌，神奇无比。但对于我们这些普通人来说，靠的就是丰富的想象力，这是老祖先赋予我们很是奇特的能力，明明一块普通的石头，偏偏要说是什么什么形状，最开始不信，盯得久了，哎，真是那样的，这块石头也就有了情节和故事。

怀着这样的心态去看石林，关注的也就不仅仅是关于石头的想象了，毕竟一千个人就有一千个哈姆雷特。我说它是什么就是什么，算是自娱自乐吧。来到这片石林，我更加关注的是环境的和谐搭配、民风民俗的自然展现。

当别人在疯狂地和石头合影时，我看到的是在平坦的草地上，矗立着几块高大的石头，前面只有一株较为瘦小的树木，背景是蓝天白云。静态的景物，不错杂，井然有序地排列着，这样的景色本身就给人以一种祥和的感觉，置身于其中，焦躁的心态自然而然就平和了；当别人看到的还是某个告示牌上花哨响亮的名字时，我只是在心里赞叹大自然千百年来孕育的鬼斧神工，大自然仅仅以风吹雨打、日晒夜露，就塑造了形态各异却千变万化的自然景观。

在石林深处，有一群载歌载舞的本地人，穿着红绿相间的民族服装，男人们肩背着本民族乐器，女人们唱着歌、跳着舞。男女整齐地站成两排，随着音乐的节拍变换着舞步。民族的特色永远充满神秘的魅力，吸引着不同的人去探寻，进而去体悟一个民族独有的魅力。

晚上吃的是野菌子汤。云南的汤也是出了名的。各种野生菌在饭店里热销，从便宜低廉的普通野生菌，到名贵的鹿茸、灵芝，已经成为云南人的日常佳肴。简单的一锅汤价格不菲，味道更是一分价钱一分货，口味的纯正是毋庸置疑的。菌子清香，汤汁纯净浓郁。

玉水寨，养育万物的圣土

走进玉水寨是我唯一一次接触东巴文化圣地的机会。

看惯了内地的寺庙，一律威严的建筑中，或庄重或神圣的佛祖端坐其中，以看破红尘的姿态，普度陷入红尘世俗的众生，双目微睁，面容平和。少数民族也有自己的神仙，他们敬仰自然神，人首蛇身，面容庄重，双手摆出微隆的造型，在青龙白虎的守护之下，保卫着一方净土。纯净的水从地下冒出，涓涓细流，随着三叠泉的起伏，在下方形成一汪碧潭。这股天然清泉，随着河道汇入丽江古城，将大自然神对人们的默默守候汇聚到千家灯火中。

在雪山的脚下的庙宇中，总觉得冥冥之中有不可抗拒的力量，那股神秘的气息正引导着你去接触你并不熟悉的世界。三个穿着蓝色布衣、扎着黑色头巾的阿妈们手牵着手唱着早已熟稔于胸的歌曲，她们歌颂的是对未来的期盼、对神灵的敬畏与感激。

在归去途中，听导游对彝族人特有的生死观念的描述——有多少人因为巨大的城市压力，向往自由与神秘来到云南，却在神秘的信仰中走向极乐世界。或许只是笑谈，但是云南的神秘气息可见一斑。

这让我想到了阿拉伯的妇女。她们大多面带黑纱，仅仅露出一双眼睛。此刻，你看到的不仅仅是澄澈的目光，迷人又美丽，更多的，还是你看不到的隐藏在这双眼睛之后的秘密。对于深藏心中的秘密，她定是不会说的，你也不必问，因为保持神秘，才能保持内心的永恒。

纵览天上人间

飞机像是力大无穷的巨人，高高擎起我们，来到云的王国。云都是随性而居的，它们也有一马平川，也有高山流水，更有鬼斧神工赛桂林山水奇幻，也有独具匠心赛苏杭的秀美。

云端能看见的景色分为两块。下层远景是人间，上层近景是云间。不同的时间，看到的景色变化万端，传达出来的信息也是千差万别。

从早晨说起，若是天放晴，阳光明媚，万里无云。刺眼的光线肆意地占满整个窗户。外面漂浮着洁白的云朵，由于云层层叠堆积厚度不一，形状亦各异：有的像虚实映衬的假山，有的像展翅翱翔的巨大雄鹰，有的像天庭宫殿前栩栩如生的虎雕龙像，有的像威武的四轮马车……云层稍微薄透一些的，就像是扒开了云层，供你在天庭窥视人间——山脉层峦耸翠、明暗层次的搭配来显示它们的高低不一，暗处是山谷，明处是山脊。绿莹莹的树木包裹山林，似是一块块绿色的松糕被揉搓成不同的形状，摆在巨大的盘子中。一条条暗色透明的缎带，就是河流激荡的地区，它们绕山行走，穿梭于山脉之间，沟通着山与山。更为奇崛的景色，当属天地的远景和近景连接一片。两个世界的山河上下交集连接起来，形成双重景观——上层天空中远处稍稍隆起的是天界的树木，连绵不断，近处云层较为浅薄，是天界的海洋；再靠旁边低凹的地方便是地上起伏不断的山河。不同的角度之下，世界呈现出别样的风韵。

傍晚时分，太阳藏于云间，光芒被打散，形成五彩天空。若说在陆地上看日落还不够刺激，颜色还不够绚烂，在天界看日落绝对满足种种有苛求的人们。我们飞上天去时，已近夜幕降临，眼前的云朵有些呈现乌黑色，一座巨大的天上高速公路大桥横跨在天庭之上，这是一个跨时代的象征，上面停满的各色飞车，证明了天上与人间的互通交流。背景不再是橘黄色的天空，天上的色彩也渐趋于淡，蓝紫色称霸了整片高空。

在黄昏时分有时候也能看见远处电闪雷鸣的壮观景象。前方乌云密布，突然一道白光照亮了黑云，又转瞬即逝，不断上演着重复的剧情，紧接着就是暴雨席卷地面。在高空，暴雨是不大看得清的，只觉远处一道道水帘向下落去。第一次以天人的视角观看一场普通的降雨，感到奇崛新奇。

夜幕降临时分，若是天气尚好，亮点就是地面的人造光芒。点点星火照亮神州大地，若是普通的乡镇，星火很零碎，几乎不成图案，但就像是璀璨的星星随意洒落夜空，也许是地面对天空的呼应吧，天空亦有璀璨明星，若从此想象去，画面何其壮观？但要是换成大都市，大场面的即视感立刻显现，一条条笔直的道路，两旁排满的橙色或白色的路灯，在天空中就是一条一条橘黄色的缎带，中间高耸的房屋仅仅几座，放射出来的夺目光芒就形成群光荟萃的图案，这就像是某种特殊的言语符号。如此这般的道路在地面上交互相错，形成巨大的相互联系的发着亮光的特殊的图腾文字，是否在和天界的神灵进行神秘而热烈的互动？

我们如天地之间的精灵一般，在一座座城市的上空盘旋，和天空的美景接触，穿梭在不一样的天上人间景观，看着天庭与大地的相互映衬、和谐相处，身处其中的人的魂与灵开始升华，真正体会到"天地人合一"。

大学探访之旅

这一趟旅行若用图画来形容，用水粉画来形容是再恰当不过了。水粉颜料着色本身带着朦胧清新的色彩，大学之于我就像是朦胧而又明媚的风景，走在其中，不禁会想象或许哪一天我将不再是某个大学的旅客，而是其中的一分子那该多幸运。明丽的不仅仅是风景，更是心情。

天津之旅

想到天津，脑中会蹦出哪几个词？狗不理包子？天津麻花？相声？还是天津人独特的口音？

一个直辖市的风情到底如何，心中也难免有些好奇。

一天的旅行下来，若让我谈一谈天津，我的形容词只有一个：灰色。

天津的繁华是毋庸置疑的。作为一个直辖市，它的存在定是有经济作为底气。我们只是粗略地游览了一下天津的夜景，单只是江边的美景就足以用震撼来形容。

入夜，独具特色的当属意大利风情街，据说是意大利殖民者留下的遗迹改造而成的一条街。一座宏伟壮丽的大桥已经成功吸引了我们的目光——巨大的石刻雕像上面镀满金色涂料，整座大桥的栏杆饰满繁复的西欧风格的花纹，皆用金色装点。我不大清楚早上走在大桥上的感觉，但是在晚上，灯光绝对是最佳的气氛烘托者，巨大的雕塑或许并不稀奇，但在光线的映衬下，神圣辉煌感油然而生。

意大利风情街在夜晚是灯光与歌声交错的海洋。古朴的意式建筑散发新的活力，不似白天的宁静。整整一条街，全部是各色的餐厅。各式各样闪光的灯牌挂满目光所及之处，黑夜如白昼明亮，圆滚滚的装饰酒桶，田园风格的白色栏杆，还有主唱歌手在小小的一方舞台上尽情歌唱。

相较于刚才进来时那一条街的繁华，有的街道就颇为宁静，这时才有了远离喧嚣、触碰历史的感觉。穿过一个个充满故事的小路，两边早已有些破损的意式建筑在倾诉着自己所经历的历史，每一家的故事尚不清楚，每一个地方的事迹也无从了解，但是凭着房屋遗留下来的形态各异的建筑样式，同样的巍峨庄严，同样的装饰繁复，可以依稀瞥见当日的繁华盛景。

早晨，从宾馆出来时，吃饭竟然成为一个犯难的事情。我们的宾馆位置不算偏僻，却在找饭店时费尽周折。整整一条大街上，在我们看来本应该开张的面馆，却在早上八点左右的时候大门紧闭，不愿接客。我们深感到奇怪，天津人怎么吃饭？

观察来来往往的上班族，我才有了初步的判断。他们通常只是在摊边匆匆买一个煎饼果子，或者是包子稀饭，就排在公交车站处，大口解决自己的早餐，开启着一天的繁忙工作。

我们最终选择了一家较小的美食广场，十几元钱换来的只是简单胡椒面辣椒粉勾兑而成的汤汁泡粉，不愉快的感觉渐渐升起心头。当我们付款时，老板的眼睛直勾勾地盯着手上正数的人民币，更是让人浑身不自在。老板比较年轻，但是脸上却被时光划满皱纹。

天津的哥也很是奇怪。他们不愿与人攀谈，而且性情谨慎，我们开玩笑的话语到了他们那里变成了严肃的话题。最后从一个北京来打工的小伙子口中得知，天津飞涨的物价、飞涨的房价、低工资高消费，百姓的生活压力与日俱增，原来是生活禁锢了心里的幸福，那么一切现象就是完全合情合理了。想到此，我不禁倒吸了一口凉气。

天大南大，谁更大

大学的游览还是最令人期待的。

我们的第一站是天津大学。天津大学的建筑系是一个王牌系。许是此种因素，天津大学的建筑真是各具特色，极富创意。

北方的学院设计更偏向于大而宏伟，常常是不拘小节，在一个个大的建筑之中注入智慧的精华，而路旁的设施、道路的环境有时便不是那么令人满意。

建于湖边的学生活动会馆设计独特，会馆本身形似一艘白船出海，因地势而建成，有甲板的设计，也有船舱的构思，细细品味，还真似即将扬帆起航的白船。天津大学有两个体育馆：土立方和鸟巢，乍一听和奥运会的主场馆竟然只有几字之差——二者之间确实有千丝万缕的联系，当初主场馆的设计师中有一半以上是来自天津大学的，而这里的体育馆设计就是我们津津乐道的北京奥运会场馆的灵感来源。这样一听，不禁感慨起设计学院的非凡实力。

专门为冯骥才建立的工作室也成为校园的一大景点。这里的建筑高大，在墙体的四周分别挖出大小不一的长方形窗口。如若全部是白色也便没有新意，房屋的创意就在于装饰墙体的特殊颜料：爬山虎。见过爬山虎爬过半面墙，见过爬山虎小范围点缀房屋，带来丝丝绿意——却未见过用爬山虎作为自然的颜料，用自然的青绿色给略显枯燥的框架结构爬出柔和与生机。微风吹来，满眼的爬山虎在高低不一的墙壁上舞动，绿浪滚滚，自然的气息立刻流出。因此，这里的建筑也比平常的工期延长了一年之久，这一年是留给爬山虎慢慢生长的。工作室的中央并没有我们想象的高大雕塑，或是草坪上立着丰碑，相反，最核心的位置，设计师留给了水，波光粼粼中，个头赛大鲤鱼的红色、黄色金鱼在池塘中徜徉，沐浴着夏日和煦的阳光。这里充满情调，池塘旁边延伸出来的一小部分，是冯骥才先生与客人或者研究生谈天说地之处。泡一盏清茶，坐在木制长椅上，听旁边小型翻车带动起来的流水涓涓，谈写作论艺术，可不乐哉？

这里不乏上了年纪的建筑群，有毛泽东主席与莘莘学子合过影的天津大学教学楼：传统的北方古典建筑，虫鱼鸟兽装点墙壁，红瓦白墙，巍峨耸立；也有存在近百年的师生公寓，苍翠的树木完全遮蔽住日光，古旧的两层小洋楼整齐排列在两侧，也成为天津的重点保护名胜单位。

相较之下，南开大学的设计更为豪放不羁。草树相间，老旧房屋沿街向前，想必南开大学的学子投身于知识的怀抱不能自拔，便不太注重外观的修饰，任性而为。

值得一提的是，南开大学和天津大学竟然无墙之隔。两个大学似是连为一体，恰如亲兄弟，携手并进，向着学术的巅峰前行。

复旦，精致的符号

怀揣着对高等学府最为敬仰的心态，走进复旦大学红砖白窗的世界。

若用一个词来形容复旦大学，精致应是恰当不过的。复旦大学就像是身着红色旗袍的女子，红色热烈庄重却不艳俗，一举一动蕴藉着良好的品格修养，面容含笑，端庄的大家闺秀的形象跃然纸上。虽未与校园里教授学生有心灵的接触，却能从外观就可以感觉出浓浓的治学风气、专注严谨的治学态度。

上海复旦校园里随处可见绿油油、宽阔无垠、修整规范干净的草坪，草坪的美感与干练甚是少见，就连在角落里的观赏树木也修剪得美观精致。校园里每一处的房舍，每一处的树木设计都恰到好处，都有独一无二的价值，似是本来就应该在这里，本就应该成为校园的一部分，多则碍眼或杂乱无章，少则缺少了一些精致的美丽。

复旦大学校园里鲜有高大的楼房，皆是具有年代感的三层红色小楼，唯一一座高大的建筑应是办公楼。越往内走去，建筑的装修明显变得现代许多，却依然延续精致的主题。偶有的雕梁画栋的房檐设计，分为内外三层：最外面是普通的方形门框，上面雕刻着花朵纹饰，最内层是有一定弧度的拱形白色门框。虽艺术感很强，却不似在旅游景点的游览，你所看到的不仅仅是景，更是景中人。不大的学院中，承载的将是社会之精英、历史的精华，连呼吸的空气也氤氲着学术的味道。

看过很多校史馆，了解过很多学校的历史进程，唯有了解复旦大学的校史馆让人从心底感觉是享受。校史馆的装修延续复旦大学精致的特点，不大的房屋里，从色彩的搭配到各个历史阶段的配合，丝毫没有违和感。偶有的室内装饰品，如某个人的屋内陈设还原，也未感到突兀，一切就是这么流畅的，历史就是这样演变到这里，这样的物品展示才得以出现。构思精巧的展览，自然的流露本身就让人兴趣盎然。

很快日上三竿，简单的游览也告一段落。我们从最古老的复旦之门走过，曾经有万千的学子怀揣着治学报国的热情与信念，从这个庄严的木式校门进入知识的海洋，徜徉于中西文化的碰撞与交融中。在战火纷飞的年代，就有"为中华崛起而读书"的义愤填膺的宣言。当跨入新的世纪，变化的是战场不再是学子们报国之路，越来越多的学子进入这座百年学府，用知识武装自己，在社会的竞争中杀出一条属于自己的路，用自己的毕生所学光耀中华。我在这里静静凝视着这块普通的牌匾，也暗自里握紧了拳头。

厦大，浪漫的大学

厦门大学或许是因有了情人谷才有了名气，也摇身一变成为暑期档的一个热门景点。

因此，在观光厦门大学时，不禁带着几分期待。

而事实证明，我的期待是很有依据的。

厦门大学的主题就是自由。

一进入校园，迎面的就是一个宽阔的广场。而广场的设计已然不能用壮观两个字来形容，这种大场面中还带着南方独有的时尚灵巧。

中间有一本飞翔的书，这奇特的造型在不同的角度看，还似是一只展翅翱翔的鹰。在这个雕塑周围，环绕着极富层次的红花绿叶，在最外面排列着苍翠的棕榈树，映衬在蔚蓝的天空下，清爽的感觉淋漓尽致。广场的两边是两栋向前排列的教学楼，尽显闽南风格特有的建筑：中式房顶造型，仿欧式的屋檐与房屋构造设计，白砖红窗橙瓦，庄重又不失活力，没有严谨的一贯而终，将两种不同风格的建筑有机融合，自由的韵味立刻凸显出来，真正做到了中西合璧、洋为中用。

学生们也在这里勤工俭学，除却当志愿者的不说，光是做导游的就有好几个。为了更好地了解这所大学，我们也请了一个。

导游带我们来的第一站就是书店。和普通的书店不一样，这里的陈设没有了严谨治学的氛围，更多的是创意的活力。书店以黑色与白色为主色调。在陈旧棕色的天花板上悬挂着明亮的黄色灯泡，灯泡高低不一的安排增添了随意的气息，待到人少时，一个人走在这样的书店里，必定文如泉涌，喷薄而出。

越往校园里走，越发觉这里与其说是学生们学习生活的场所，不如说是学生们自由生活的天地。如果不说这里是厦门大学，或许说自己在公园里漫步也不为过。依山傍水是厦门大学得天独厚的优势，各种百年大树也是一道道风景。高耸入云的白皮树，独木成林的榕树，苍翠茂盛的枣树、枇杷树，走上年代已久的阶梯，此时的阳光刚刚好，光影还带着浅浅的绿色，斑驳的光点中，长尾巴的鸟在不远处的地面上蹦蹦跳跳，根本不害怕远道而来的客人。

一路走来，经过一一的介绍，我们惊奇地发现，各色古朴精致的建筑是社会上的慈善人士捐助的，校园里竖起了很多慈善家的雕像。导游如数家珍，这一块是陈嘉庚先生的捐助，那一块是他女婿的杰作，这里的大楼是几几年校友共同筹资而成，连湖中的黑天鹅也是政府的鼎力相助。厦门大学处在社会自由之爱的包裹中，这也在无意之间成为厦门大学独特的名片。

厦门大学中最能凸显"开放自由"思想的便是"芙蓉隧道"。隧道并不稀奇，稀奇的是里面的印记。不错，这里就是校园独有的涂鸦隧道。厦大毕业生都会在这里留下或多或少的痕迹。在这里，你可以触碰到不同学子的奇思妙想和他们的心灵世界。你会为他们的心灵纯净而震撼，为他们的思维活跃而欣喜。从最爱的电子产品、游戏人物，从油画到漫画，从抽象派到写实派，每个人的青春在这里碰撞、激荡，形成一条多彩而不混乱的文化长廊。他们各自带着自己的学科特色，写下或悲或喜、或搞笑或严肃的宣言，走向未来。我相信不管他们走得有多远，都会想起，那一年，曾有一面墙，留下过他们的印记，写下的并不是到此一游，而是我会依旧爱着。

说到此，我突然想到今年在网上很火的厦门大学教授在毕业典礼上的精彩演讲，演讲中的诙谐幽默令人印象深刻。来到这所学校，也不难想象为什么厦门大学如此深厚的人文光彩。

确实，一所像厦大这样自由的大学，它所能给予一个学子的不仅仅是自由，更是一种开放包容、吸纳共存的思想理念。

鼓浪屿之歌

"这是一个令人惊奇的小岛，在如此狭小的岛屿上，居然拥有如此之多风格迥异的建筑，如此之多的英才与风云人物。可以说，无论是艺术、教育，还是医学、建筑，鼓浪屿都扮演了一个时代先锋的角色，遥遥领先中国其他地方，如果不算加利福尼亚的帕萨迪纳，鼓浪屿的富人比地球上任何地方都多。"这是 1920 年美国人保罗·哈钦森记述的鼓浪屿这个神奇之岛。

在这段话的驱使下，我们慕名赶往鼓浪屿，也为此次的行程画上圆满的句号。

踏上小岛，所有因为一个多小时排队坐船而产生的不快在一瞬间烟消云散。旧时房屋的古老气息扑面而来。每处街道的房屋都存在着或悲或喜的故事，它们都在这座岛上矗立了数百年之久，它们经历太多，因此能以泰然稳重的姿态迎接所有造访的行人。游客在其中行走，紧张的神经也会渐渐放松，渐渐适应微咸的海风，渐渐接受不同南方之花扑鼻的叨扰。来到这座小岛，才能发现红色原来也可以和绿色成为绝配，给人以清凉的感觉。来到这座小岛，才体会到各种热带榕树、八角梅如何与房屋融为一体，成为点睛之笔，清新又不造作。来到这座小岛，才体会到简单的窗户和房屋有着上千种的设计，只是稍稍变动，就产生或庄重或温馨的感觉。

漫步其中，西洋化的建筑鳞次栉比。你似乎可以想象在甲午中日战争后，在这座并不大的岛上，和煦的光从绿叶投射下一个个晃动的光影，空中白云飘舞，鸟儿飞动，蜻蜓晃动。各种肤色、不同国籍的人们行走在街头，或是哪个富豪家的小姐，正从镇中的宅子去往海边的庭院；或是漫步在海边，倾听大海的呼唤，顺便消化一下早茶。这一切，你可从任何一处老宅中轻易想象得出。

其中最值得一提的就是此地的商业化。其实鼓浪屿与厦门之间修建大桥轻而易举，即使坐船也只需要十几分钟不到就可以实现两地的跨越，那么，为什么不建造大桥呢？听当地的导游说，一来这样可以减少机动车驶入，减少有害气体的污染，二来可以控制每天一定的游客量，实现对岛屿游客数量的控制。这种设计在我看来还有一层好处——让这座充满历史厚重感的现代岛屿蒙上一层神秘面纱。为了实现增收，很多百年老宅将一楼出租出去，作为卖当地特色小吃或者住宿的地方，实现了对老宅的价值的再次创造，不失为一种明智之举。

在我看来，历史的遗迹越是有年代感，越是保存完整，没有人为的添加或者是整修，越是能够感受当时人们或急或缓的生活步调，通过眼睛这一个基本的工具就可以来一次完美的穿越，而鼓浪屿无疑给了我思维以充足的想象空间，足以驰骋于各个鲜活的历史朝代。

岛上艺术气息也十分浓厚。先后有许多名家墨客来此度过，留下一段段佳话。钢琴博物馆对于热爱音乐的人绝对是绝佳的去处。场馆中响起悠扬的钢琴乐曲，世界上充满想象力的钢琴逐渐呈现，没有踏板的钢琴、拐角的钢琴、只有一个踏板的钢琴、装饰着中国元素的钢琴、最具西洋风格的钢琴、世界上最名贵的钢琴、肖邦热爱的钢琴……简单的几个部件，艺术家的妙手偶得，成了一件件富有创意、美妙绝伦的艺术品。从来没有想过，乐器本身可以当作艺术品把玩。他们打破固有的制造乐器的规则，任性地添加疯狂的元素，和展厅里逐渐激昂的乐曲一样无法停息，越来越强烈，让人欲罢不能。

说到开放，鼓浪屿绝对属于时代的弄潮儿——鼓浪屿有中国第一个足球场，如今在巨大的棕榈树的包围下还可以看见那昔日的赛场盛况。有些破损的红色墙壁，白色的座椅，可以想象当时人们激动地站在看台上看着赛场上拼命向前的健将。鼓浪屿也是中国大陆上第一个有幼稚园的。由此可以想见，当外国领事馆纷纷驻扎于这个充满灵气的小岛，同时也给这个小岛带来了新的活力与文化。

我们的中餐选择的是鼓浪屿随处可见的大排档。现选现做是每家店的特色。若是生活在内地的人，对海鲜定会有所好奇。各种长着奇怪斑点的鱼，大龙虾个头赛过普通龙虾的十几倍，各种海参、鲍鱼堆满一个个水箱。因为太过新鲜，不论什么菜，最大的感觉就是一个字：鲜。和我们吃的冷藏在冰柜里的鱿鱼的确不同，以爽脆来形容一点也不为过，即使简易的处理，也可以把鱿鱼的鲜嫩烘托到极致，细细品尝，自带着一股清香，是长期在海水中生存留下的印记。

鼓浪屿亦是中西文化合并共存、繁荣昌盛的活化石。中国闽南的民俗文化在这里也有着很好的保留与继承。我们慕名来到当地的剧场。

剧场分为上下两层，上层表演南音——四人坐定，曲名报罢，一方小小的舞台传承千百年来的悠扬之歌：主唱的女子身着旗袍，姿态优雅，手抱琵琶，江南婉转的小调缓缓流出，温软的女声和着箫的清亮、三弦的古朴、二胡的温柔，一咏三叹，虽然歌词带有浓郁的闽南乡音，不大能听懂，但是典型的"丝竹音乐"温婉秀丽的韵味却让人感到清新。余音绕梁，三日不绝。

楼下的小剧场更是座无虚席。离开场还有十分钟，人们早早挤在小小的剧院，伸头探脑地往那小小的幕布后面望去，怀着一颗虔诚的心去期待一场传承千年的布袋木偶戏。

木偶演员一上场，掌声此起彼伏：几个简单的小人偶，简易的服装，单一的表情，但在演出者灵活自如的手技操控下，呆板的木偶造型灵活起来了。再配上精彩的故事情节片段，引得台下掌声阵阵、喝彩迭起。最后伴随着京剧歌曲，每一个参与手偶的演员相继从幕布后面走到舞台前，他们脱下套在手上的木偶外罩，展示着布袋木偶的秘密——"小舞台，大智慧"，指关节灵活地前后摆动，一个个看似变化不大的动作，却使木偶的动作千变万化、精准微妙，我们深深折服技艺的精湛，更为老祖宗的聪明才智而感到骄傲。

日光岩风景区是鼓浪屿为数不多的大自然的杰作。

登上鼓浪屿的制高点俯视，整个岛屿的美景尽收眼底。在绿树的掩映下，红砖瓦屋显得更加娇艳，真是"万绿丛中一点红"。海浪拍打着沙滩，海与远处的天空连成一片，鼓浪屿像是一面明镜映照着蔚蓝的天空，分不清哪是天哪是海，天海合一，似一颗翠绿的宝玉静静躺在天地之间。偶尔有几只白鸥从画面上掠过，点缀着眼前瑰丽壮美的盛景。

傍晚漫步于沙滩，满眼是蔚蓝的海洋，远处行走的货轮在海中徜徉，近处人们在水中嬉戏。迎着海风，听着海浪的笑声，一天的疲惫在顷刻间化为乌有。

正如导游所说，真正的鼓浪屿之行就是在岛上住上那么两天，想出门就漫无目的地走，景点不必全部游览，只要自由尽兴就好。希望有那么一天，鼓浪屿的灯光可以再次引领我探寻历史的魅力，感受一座岛屿带来的神奇奥妙。

人间天堂

"欲把西湖比西子，淡妆浓抹总相宜。"浅浅吟诵声中我来到了白娘子和许仙缠缠绵绵的地方，柔和的江南风景让人眼前一亮。

"到苏州看园林，到杭州看森林。"我们拐入西湖环湖路，便忘记了自己还是在城市里穿行。道路没有我想象的那么宽阔，也没有拥挤的车辆、喇叭刺耳的声音。旁边的百年大树郁郁葱葱，随性生长在道路两旁，就似在森林中开辟了一条小道，从森林蹿出，两边大山上整整齐齐地种满了西湖龙井，茶园边陈设着各式各样的农家乐，或许真的就是杭州人温柔善良的个性，随性精致、幸福休闲的生活态度，才得以容纳一大片森林还存在于城市里，也一直不愿用更高的现代建筑代替原始自然的森林风光。

行至半路，的哥指着满是茶馆的一条街说道，现在人们都不出去打工了，而在这里开个茶馆。闲暇时，特别是节假日，这里车满为患，再忙的人也爱选一家自己喜欢的茶馆，和朋友品品茶叙叙旧，就这样过一下午。

"接天莲叶无穷碧，映日荷花别样红。"下了车，来到西湖，穿过断桥，眼前的美景让我立刻想起这首诗。正值炎炎夏日，精力充沛的不仅仅是日光——一大片荷花延伸到湖的中央，微风吹拂下，荷花扭着细细的腰肢，随风摆动着绿色的裙，让人想起朱自清笔下的荷塘。清风中还带着荷花微甜的清香，不似玫瑰浓郁、槐花猛烈，就这么淡淡的，淡淡的，出淤泥而不染，濯清涟而不妖，不是为了取悦人而发出味道，不是为了取悦人而披上粉嫩的外衣，而是用纯净的露珠装饰着自己的碧绿裙摆，一切都是自然而生。荷花愿意在盛夏绽放自己的魅力，这样的任性，这样的傲娇，这样的灵气，在城市中心甘情愿地当一个高洁的隐士，亦是荷花由内而外的率真纯净气质所造就。

我们徒步而走，堤岸垂柳，绿水碧空，白桥横越，湖风拂面。脑海中自然是一首首诗的喷涌而出——"乱花渐欲迷人眼，浅草才能没马蹄"；"最爱东湖行不足，绿杨阴里白沙堤"；"松排山面千重翠，月点波心一颗珠"。站于此，再细细品味这些诗句，才会发现古人的构思奇特，同样是西湖胜景，同样是断桥边上，那诗句就像是小桥流水，将名人墨客的诗情画意通过艺术的表达直流入心坎；像茗茶，越品越有味。

说起西湖边的美食，不得不用清淡可口来形容。若是将荤菜做得精致不腻，才是绝妙的手艺。"东坡肉"，应是用腌制过的猪肉制成，猪肉不知经过怎样的特殊处理，内涵一股淡淡的甜味，过后又是猪肉的醇香。"响铃"，这是极富特色的一道菜，响铃呈方块状，一小碟甜面酱，沾满酱汁，酥脆轻盈只是表面的现象，咬下去，哗哗作响很是薄脆，入口极为劲道的内在立刻体现出来，就像是在吃牛蹄筋，还有酱汁浓郁，风味独特。"叫花鸡"，用荷叶包裹，加工制作熟的叫花鸡，经过荷叶的搭配处理后，鸡肉带有荷叶的清香，肉嫩皮很弹牙，一口下去，汤汁和着肉，让人大饱口福。这样的美食，是美在口中，福在心间。

杭州的风味从的哥身上也可见一斑。的哥爽朗地笑着，呈现着不一般的杭州。

出了西湖出租车异常难打，此时烈日当空，我们无法再忍受炙热的烘烤，三个人齐上阵去拦截出租车。终于拦下了一辆，还未说清楚，我们就钻入车内。的哥一听我们要去的地方，便说："我要去交班了。"以为的哥准备赶我们下车，连开车门的动作也准备好了，"不好意思啊，我不能带你们，我免费送你们出西湖，这里不好打车，在这里走路也太热了，很辛苦。"几句贴心的话如阵阵清风吹散了炎热气息，下了车，我们坚决要付钱，司机师傅只是扭下头，微微一笑，不停地摆着手。我们谈论起这里的民风，说道，昨天晚上打了车，因为没了气，走到一半，的哥连声道歉不说，因为排队灌气的人过多，连车费也不收；有的哥因为坐车的女孩钱落在半路找不到了，不仅没收车费，反而给了她回家的车票钱，杭州人的美德与人情味恰如苏杭美景处处在。

除此之外，我们还游览了林彪的行宫。林彪的老年时光在西湖边度过一段。单单说林彪的别墅就别有讲究，林彪因为年老多病，楼梯是每修一层就会来一段长长的直路，供他休息。因为他怕风、怕光、怕寒，他的下属必须在几米开外汇报工作，怕走动的风和翻文件的风引来身体的不适。头顶上的灯也是特制的，是由多层轻便的草质编制而成，在一定程度上减轻了风的吹拂而产生的声音。房间窗户也花了不少的心思，安装了特制玻璃，外面一层是防紫外线玻璃，内部一层是防弹玻璃，最里面一层才是普通玻璃。这样的设计，不仅有安全保障，可以有效防过强的阳光射入，减少房屋光照，更便于林彪观察外部情况，外部的人却看不到内部的情况。他的房子以大和空著称，因为考虑林彪习惯于边走边安排任务而特意设计的。

从这里不难发现一个小小的别墅暗藏玄机，而地下军队指挥所的设计更是精妙绝伦。还未走下地宫，便寒气逼人，狭长而深邃的密道，仅有安置在上方的黄色灯亮着，不远处蜡像制成的战士守卫在门口，每一个走廊就有三扇防爆防辐射厚厚的铁质大门，让阴森的地下指挥所更增添几分肃穆的气息。为了让战士们能够在地窖里生活超过三个月的时间，这里的配套设施一应俱全。为了保障通风，还设计有专门的排风孔，在外看起来并不起眼，但是却给这个地下迷宫带来宝贵的空气来源。没走多久，不远处传来清晰的脚步声，这竟是从远在几百米之外的洞口传来的。我们感到奇怪，同样的设施，同样的白墙与水泥天花板，却在这一段地道中产生了巨大的回声，形成一道特设的回音墙，连呼吸声音也被放大了许多——原来这是为了及早发现敌情，便于给处在地窖深处的军队撤退留有充足的时间。在地窖中穿梭，更不说会议室、会客厅、首长办公室、独立卫生间、医务室……一切设备一应俱全，很难想象规格如此高、设计如此精密的地下军队指挥所竟然是在抗战前后建成的。灵秀之地的房屋自然含有别样风味，可惜房主人机关算尽落得家毁人亡、身败名裂。

浙大，灵气汇聚

正如世人皆说，人杰地灵，山水养人。杭州迷人的景观自然养育出含蓄又富有张力的艺术家。我们去的是浙江大学的之江校区。进入校区，移步换景上演得淋漓尽致。许是看多了学院精巧的设计，这所大学的设计并未能引起我较多的兴趣。我较为感兴趣的是特聘教授朱仁民的艺术展示馆。用"有经济头脑的大师"来形容这位教授再恰当不过了。从雕塑到绘画，从商业街的设计到一座生态岛的构图设计，很难想象竟然出自同一个人之手。凭借着对艺术的痴迷，他所关注的已不再局限于画布上，而将整个世界当作自己的画布，怀揣着对未来的自信，拿起画笔在世界上留下属于自己浓墨重彩的一笔，将脑中对于艺术的理解，对于艺术的执着付诸行动，并且利用所有的时间实现心中最初的梦想。一个个工程的落成，一篇篇报道的叙述，一座座奖杯到手，证明了他极具传奇色彩的艺术人生。

这一切,让我不禁想到了厦门大学教授在毕业典礼上的那句话:"出了社会,很多人都是脚踏实地,只有寥寥无几的人还会仰望星空,这些仰望星空的人就会获得最后的胜利。"艺术展览并不长,却在我的心间燃起了一个小小的火苗——人生就应该这样活!

大学之旅虽属走马观花,但留下的却是久远的回味和心灵的相握。愿吾辈有幸,与众位长者智者平心静气,来一次彻夜长谈,来一次精彩的人生修行。

第五部分

兔眼看世界

梦想的色彩

太阳轻轻用手画出朝霞的身影,绯红中,渐变的色彩惟妙惟肖。漫山遍野的绿色涂满了房屋、树林,爬山虎安静地依偎在洁白的墙壁上。我穿着绿色的印花小裙,奔跑在小径中,任凭风叨扰着发丝……

油然而生的惊叹,化为一阵阵的激动与好奇。一股热流席卷而来,俄罗斯馆奇特的想象,让我在赞叹中构想未来的颜色——这里的一切,让我在激动中忘却了时间,"绿色中的世界,世界中的绿色"已融为一体,那种颜色已不再刺眼,那种词句虽然没有华丽的字符,但是却令人感到舒心。这,不就是我们憧憬的生活与理想吗?

嫩翠欲滴的小草在风中自由舞蹈。远处,郁郁葱葱的树木下怒放的花朵灿烂娇艳,它们含蓄又热情,楚楚动人的模样让人心旷神怡。藏在绿叶中的汽车与眼前的景色构成立体的画卷——有林中的清新,溪水中的自然。在浪漫的灯光下,眼神柔和了,这一刻,似乎都返璞归真了……漫步在这种小径上,只有时间从手中轻轻滑过,心中驻足痴望的只有奔放的花朵和萦绕的绿色。

我在梦想中自由穿梭——漫步在绿树成荫的小径上,碧空、朝阳在这刻嬉戏谈笑。没有生活的快节奏,只有大自然的气息与激情。绿树用宽厚舒心的双臂拥抱着大地,野花毫无顾忌的生长,一切都是那么自然,那么和谐。和蔼的老太太,脸上有力的皱纹已盖过年龄的界限,她笑呵呵地迎接坐着太阳能车的儿子回家,家里有绿色的院落,石桌上已放好了做成的桂花糕。一家人品尝着自然赐予的美味佳肴,倾听着鸟儿关于绿的啼叫,享受着自然馈赠的乐趣。

当太阳挂在天空,繁华的都市不再有喧嚣的场面,一切都定格成为了宁静。道路旁，行人只需看着头顶上的阳光洒落在叶子中，透出缕缕金灿灿的光束，环保机器人在马不停蹄地工作，太阳能汽车在高速奔驰。

夕阳西下，放学的孩子结伴回家，是什么让孩子们驻足？一些废弃的纸片，那群孩子毫不犹豫地弯腰捡起来扔进了垃圾桶。这时，孩子们俏皮的脸上露出了绿色的微笑。纯洁、可爱，重临心头。夕阳的倒影多么柔美，夕阳下的孩子多么阳光，画一般的倒影带着一丝亮光，看着他们从远处变成缩影……那稚嫩的背影化作绿的写实，烙印在绿色的墙板上。

月，温和柔美，银黄色的身影洒落在树丛中的松鼠上，松鼠漂亮的脸孔衬托着帽缨形的大尾巴，欢快地在树丛中跳跃。在柔和的白色风能灯下，人们谈笑风生，笑声与绿色完美结合。一瞬间，逃离了旧城市，在新生活中享受自然。汽车已成为过去，太多的太阳能车成为梦的行驶工具。太阳能车在路边与行人一起运动，大家仍在绿色的沐浴中入睡，仍在绿色的沐浴中起床。

清晨，薄雾拥着大地，风中含着露珠，鸟群在露水中鸣叫，唤起的不只是薄雾中的缕缕金黄，也意味着另一个梦的开始——爬山虎还是那么绿，空气中的风还是那么顽皮。

梦想中我奔跑着，呼啸的风在耳边掠过，带着对未来的憧憬触碰着明天的朝阳。这种梦想，是虚幻中的真实；是真实中的虚幻。我梦想的色彩永远是心中难以言表的精神、智慧和追求。（本文获湖北省特等奖，写于2010年，那年11岁，发表于《少年写作》）

写作思路：

不知从何时起，心中就有一个梦想——希望人们能生活在绿色中，不再有喧嚣相伴。参观了上海世博会领教了俄罗斯馆中的奇思妙想，脑海中留下的只有无穷的震撼。"绿色中的世界，世界中的绿色"在这里尽情表现……

用太阳能、风能和机器人代表未来生活中的高科技；用松鼠和鸟群代表未来中的和谐。梦想中，城市与自然真正和谐统一。"一家人品尝着自然赐予的美味佳肴，倾听着鸟儿关于绿的啼叫，享受着天伦之乐"，未来人生活是令人向往的奇境，想着、想着《梦想的色彩》便在手中诞生，这个梦想，便在手中用笔墨挥洒，演绎着美好与激情。

思路点拨：

读书吧，书中有长江滚滚，书中有你知心朋友，书中有写作秘诀，我从来不给学生们谈写作技巧，最重要的是激发学生们读书的兴趣，在读了很多书后让学生们顿悟三个问题：写什么，为什么写，怎样写。"条条道路通罗马，并非自古华山一条道"，倡导学生们不拘一格地表达自己的思想和情感。写作的时候，做到不停笔，遇到卡壳的地方也不要停下来，一气呵成，等到回过头来发现你思路清晰、条理清晰、文通字顺。

想象是作文的泉眼。要让泉眼汩汩流动，得给想象插上翅膀，鼓励学生天马行空的想象和联想。没有想象就没有机器人、垃圾清运车、太阳能车、桂花糕……（指导教师：张晓霞）

家长感言：

"我想读""我爱读"到"我想写""我要写"这个过程是水到渠成的过程。她是一个"书虫"，读起书来太投入，有时甚至可以不吃饭，读《格林童话》《茶花女》《汤姆索亚历险记》《鲁滨逊漂流记》《少年文艺》等，读的书越来越多后，她便喜欢上了写，而且是用电脑写作，一写就是1500多字。享受写作是一种境界，是一种最高的作文境界，希望她真正走上享受作文、享受做人的路。（徐若学）

绿色的天堂

轻轻的微风摇曳着满山的树林，耀眼的光芒点缀着茫茫大山，夕阳的目光在一瞬间变成爱的绿色。望着远处那片熟悉的树林，我还依稀的记得，那个慈祥的老人，她的葬礼非常隆重，我还在她的面前哭过，苦苦哀求让她醒来，但是她已长眠于土地中，想用一点微薄之力为绿色的天堂增添一点绿……

放假后，总喜欢到她家，进入那个屏蔽在自然环抱中的世界。夏夜，我们坐在屋外的场地看着屋内的电视，屋后绿树成荫的大山，蟋蟀鸣叫着，天上满天繁星，与大地连为一体。屋外的灯光照着她满是皱纹的老脸，手上的老茧在月光中显露出来，粗糙而又有力。经常听人津津乐道地说她的丰功伟绩，这双充满岁月沧桑的手写满了她种树的幸福和快乐。我突然想摸摸她的手——我从未触摸过，突然感觉心跳加速，脸在灯光下变得烫手。

爱树如命是她在村中家喻户晓的原因。大家敬佩她，称她为"树疯子"。在我眼中，她更是一个不可理喻的老人。早晨，她总是第一个起来，走进厨房，端出饭菜，她提着大包小包的树种，在薄雾带着微微的露水中她便迈着坚实的步伐消失在山林中，在汗流浃背中喂养着一棵棵小树……

幼时，经常跟着她踩在泥泞的小路上，旁边是沁人心脾的花朵，草毫无顾忌的随处生长。头上是蔚蓝的天空，只有白云悠闲地游走。我头上插着一朵朵野菊花，踩着她的脚印，轻快愉悦萦绕心头。一路上，唯有石头在路边横行霸道。她的工作地在一片荒地上，那里野草丛生。那片土地从来没有人经过，荒凉得连个鸟叫都听不到，被人们形象的称为"绝望地"。突然，她停下脚步，摘下破旧的草帽，站在被水冲过的稻田上，轻言轻语说："看来我要努力了。"

从她家里跑出来的我，正要把满手的野果递给她，却看见她手被血迹霸占了，"您的手怎么啦？"

"没事，是被树林里的荆棘划破的。"

"外婆，那您种树有什么用？能得多少钱呢？"我满是疑惑，边说边学着她的样子仰望那片荒地上刚种下的树苗，那些树苗在风中挺立着，显得雄赳赳气昂昂。"钱不是主要的，重要的是绿了山，能有一个充满绿色的家园。"我从山坡上往下望，荒野的土地填满了绿色，山下的麦田划成了美丽的格格框框。

"这绿色很美，但是，你难道只是为了美化而种树吗？"

"你还小你不懂的。你想啊，如果山没有树，谁来防止水土流失呢？"

她边喘着气边说，锄头的节奏轻快而有力，她把一棵棵树苗种了下去，填上了爱的清爽，呼哧呼哧的声音不绝于耳，我哑口无言，便坐在一块石头上欣赏她的举手投足……她种的树成为山林的亮点，她的举动成为我童年记忆中最匪夷所思的画面。

最后一次与她的相遇，是在家中。她已经病入膏肓。我迎上前去，想要搀扶她。她却说："没事，别把你的衣服蹭脏了。"我只能走在前面带路，看着她被外公搀扶。她看起来那么憔悴，不堪一击——难道老天真的不公？那种令人恐惧的病症将她吞噬。她终于上楼了，但是我却不敢看，跑进屋里，抽噎着……她住进了医院，我去给她送饭，外公在楼道里吸着烟，楼道里充满了忧伤，她的身子蜷缩一起，双手抱在胸前，眼睛艰难的闭了起来，突然我觉得，她变小了，窗外的树木似乎变得悲凉起来……

我们还是留不住她，她还是走了，我再也见不到她了——我参加了山林中的葬礼，我想，她一定安详地走进了自己精心打造的绿色天堂……

获湖北省特等奖作文

冰清玉洁的姑娘

雪，轻盈飘逸，上下翻飞，它是灵性的舞者。雪，洁白无瑕，恣意盛开，它是上帝派来圣洁的使者。雪，羞涩而化，瞬息无踪，它是天地间的魔法师。我爱雪，不是一言两语能说清的，她那轻盈的身姿一次次洒落人间，装饰并净化着这个多姿多彩的大千世界。

早晨，背好书包，刚出门就和那个白色精灵来了个满撞怀，我抬头一看，啊！是雪！真的是雪。这时，雪花淘气地落在我的睫毛上，凉凉的，化为水，湿湿的真舒服！我轻轻的伸出舌头，一颗雪粒落在嘴里，咂咂嘴，有股清冷的味道，真好！我踏着轻快的步子，不时的看着两旁，虽然天气很冷，但是兴致很高。两排的树披着银色的棉衣，好似两条凌空飞翔的巨龙，横卧在道路两旁。

我喜欢玩雪，喜欢欣赏雪景，在雪的世界尽情想象。但我从不解密我对雪的疑问，因为我喜欢保留雪的神奇。我喜欢一个人静静坐在课桌前，手旁放着杯热气腾腾的牛奶，仰望着白雪皑皑的雪景，构想雪的连续剧……

雪花的美不只是洁白晶莹、身姿轻盈，能装饰净化天地万物，更是和平纯洁的天使；这些柔情的娇美是人们赞美歌颂的，我一直欣赏的是雪花慷慨大方的壮丽美。在飘落的一瞬间，她们不会犹豫，也不后悔，会为了装点大地净化万物，而毫不畏惧地献出自己微小的生命，我一直认为，这种壮烈美才是真正的美。

婆婆家的雪天难以忘怀。清晨，打开房门，一股凉风扑鼻而来，接着就听到孩子们的呐喊声和踩着雪的"沙沙"声，我迫不及待地加入他们的队伍中，铲雪、堆雪、雕雪、打雪。山上的树木被雪姑娘轻盈的身子包裹住了，都变成一根根蓬松洁白的玉柱，留下幸福和纯洁；天空中再也没有出现蓝蓝的天，白白的云，只留下洁白的身影，所有物体的形状与颜色都被雪厚厚的盖了一层，天地之间一片银装素裹，这多么像一座"雪晶宫殿"啊！这时我的脸早已冻得像苹果，脚冰得也完全没有了感觉，嘴里冒着热气，心里像喝了热牛奶似的暖烘烘的开心。

我从不用"像蝴蝶一样慢慢悠悠的飘落人间"这样的句子描写这么可爱的东西。有时我会觉得她像调皮的"白精灵"，趁我在雪地里玩耍时，蹑手蹑脚地跑到我的后脑勺，贴在我的皮肤上，我不禁打了个颤，直叫："真冷啊！"可她却不知害羞，竟然偷偷的笑我，没办法，只好对着正在表演的精灵们，用我冷酷的眼神斜视她们，只见这些被我吓怕的几个精灵抱成一团，纷纷落下来，她们的美丽形状没了，好像个连体婴儿，看得我哈哈大笑，想怎么停也停不住，心想：这些孩子真有趣！

我一直在思考，雪的母亲是谁？什么巧手把雪花塑造成美丽的六角形或八角形，还有小颗粒形、大花瓣形？我在睡觉时想，在吃饭时想，在和朋友玩打雪仗时想，我想过很多的答案，是大地？还是天空？或是云朵？……但我还是不愿解开这个谜，因为我就喜欢雪花现在成型的模样，管它的前生与后世呢……

想完这些，"梦"醒了，手边的牛奶已经凉了，窗户上结了一层水蒸气似的"薄膜"，我便在上面写上我对雪的爱，我希望雪花能看见我的心情。我仍接着一心一意的看雪花，看着她轻盈的身影，看着她，想着与她共舞的日子……

写于 2009 年 11 月

吉娃娃

它——性格温顺,身体娇小,活泼、乖巧是它赢得人们疼爱的必杀技,它就是吉娃娃,一种可爱的小巧玲珑的宠物小狗。

吉娃娃刚出生时,抵抗能力很差,它眼睛闭着,侧着身子,四只脚自由分开,乖乖地躺在小窝里,那种可爱劲儿,简直就可以和娇嫩的婴儿媲美了。

吉娃娃有一身奶油色的雪花毛和苹果似的圆形脑袋。最明显的是那两颗又圆又大的眼睛,大而不突出,看起来像是对世界充满好奇,想张大眼睛看个究竟。对了!它的耳朵也很特别,又大又尖,高高地竖在脑袋上,显得高傲、美丽。

吉娃娃的身子对称,颈部略有弧度,完美地与肩膀结合。它的后肢肌肉强健,距离适当,踏起步子来,时不时地望望两旁,发出"踏踏、踏踏"的声音。它的小爪子肉乎乎的,呈梅花状,高兴时走起路来,爪子似乎正在踏着梅花印,跳着舞呢!

吉娃娃犬是世界上最小型的狗,但这不说明它们比其他动物娇弱,反而拥有坚韧的意志,聪明而且极其忠诚。它们会小心翼翼地观察新主人,但人们总以为它们很腼腆。一般吉娃娃想吃东西时,便在主人身边跳跃不止,这时它总会得到主人的抬爱。吉娃娃也很"自私",虽然它很小,敢与大狗PK,想把主人"占为己有"。

要是在温暖的天气时,带它去晒日光浴,那个小家伙便像个小孩子一样,一直绕着主人,跳个不停。这种可爱的模样,真让人爱不释手,都想去伸手抱一抱。

　　吉娃娃就是个迷你狗，英俊的外表，乖巧驯良，小鸟依人，那怎能不让人喜爱呢！

写于 2009 年 12 月

听雨

雨是心的使者。我总是带着对雨的一份虔诚去聆听它们的每一次倾诉。闭上眼睛，嘘，你听到了吗？它们正在讲述不同的经历、不同的人生，它们都是有灵魂的，有故事的。

我感受到的雨，其实是有个性的。不同地方的雨有不同的味道，即使是在同一个地方也会千姿万态。城中的雨有拯救处在雾霾下的苍生的豪气，乡下的雨则多了几分淳朴调皮的模样，小河边的雨总是带着清爽明快的味道，森林中的雨则有平和淡然的气度。淅淅沥沥的雨似是喜极而泣，定是雨看见哪个闺中人与所思之人重逢时，抛洒出的喜悦；瓢泼大雨总是带着汹涌澎湃的气势，定是雨看见哪个壮志在胸、有酒在手的古人登高望远，因或喜或悲的情感而动容。

懂得雨的语言的，都是有情之人。春雨降临，更像是经历一场旅行。"滴滴、嗒嗒、滴滴、嗒嗒"。它们乘坐着空气动力车乘兴而来，喜悦之情透过奏响的曲调表现出来。它们正按照自己独有的节奏，自由弹唱，或急或缓，这随性的歌声，却有了精致之美。它们横穿成一排透明的珠帘，透过这帘，可以看见它们游历的印记。它们旅行目的地的选择总是随性的。有些雨滴恰巧投入远山的怀抱，苍翠的树叶似是受到快乐气氛的感染，重又换上娇嫩的绿衣；有些雨滴不小心跌落房屋的怀抱，楼房就像是换上镶满水晶的新衣；有些雨滴在地上，很快就集结成一条充满活力的小溪，激切地游历城市的风光。雨的欢乐播撒到每一个角落，它们唤醒沉睡中的花朵，激起绿草生长的斗志，点醒了处在酣眠的人儿。

雨与清风嬉戏着，从半开的窗户钻进了房间，泥土的清香，微甜的花香，微凉的清风在我脸上开出两朵微红的花骨朵，我陶醉在雨的奏鸣中，坐在窗户下的琴前不由自主地弹奏着我的心曲，琴声、雨滴声在默契的合唱。闭了眼，自己仿佛正站在彩虹之上，天空似是被打翻的调料盒，渐变的色彩又似是老天一时的兴起之作，随性、潇洒。周身恍如围满喜鹊，它们从远处飞来，绕着我唱着不知名的歌，托举着我向上飞，飞进了太空。雨们摘下星星穿成一顶夺目的皇冠放在我的头上，那皇冠瞬间发出万丈光芒，照亮了寰宇，我成了雨追捧的公主。

半梦半醒中，我听见窗外雨的欢笑渐趋微弱，最终消逝。睁开眼，发现太阳重又钻出来想赶走雨的缠绵。"滴，嗒。"清脆的声音打断了我的些许愁绪。呵，仍还有一些调皮的家伙，躲在我的阳台上，因为沉浸于这次行程，所以久久不肯落下不肯离去……

傍晚，空气仍有些湿润，如烟的雨升腾到半空，上下跳动。雨携清风嬉戏，与花香起舞，间或到山谷里进行一次探险。但是不过多久，雨或许又要回到云朵的怀抱，又要开始一次新的轮回了。然而，每一次的消亡，都意味着崭新的开始，它们终将重生，继续过着新鲜又特别的生活。人亦如雨，虽平凡，但是追求灿烂不忘目标，成就一次次惊艳的风景；我们虽普通，但是就在这看似不断循环的生活中找寻着不一样的乐趣，在相似的生活中正在努力活出不一样的精彩。

雨再次来临时，不妨带着一颗天使的心去品味如雨人生，用肌肤和雨来一次亲密接触——用感恩的心唱响《小雨来的正是时候》。

《三傻大闹宝莱坞》读后

兰彻是一个与众不同的大学生，公然顶撞院长，并质疑他的教学方法，用智慧打破学院墨守成规的传统教育观念。兰彻的特立独行引起模范学生——绰号"消音器"查尔图的不满，他们约定十年后再一决高下，然而毕业时兰彻却选择了不告而别。十年之后，事业有成的"消音器"归来，要兑现当年的诺言，他找来法罕、拉加，一同踏上寻找兰彻的旅程。

这本书不仅包含诚信、友善等我们所倡导的社会主义核心价值观，更令我印象深刻的，是对于教育制度本身的一种批判性的思考。

书中的故事以学校为载体展开，难免会遇到印度教育制度的相关问题，在这点上，作者直言不讳，直击要害。在文字表达上用平和的语言，让人在轻松幽默的情节中，深思良久。

在我看来，我更愿意将这本书里面的校长和查尔图看成传统守旧、以分数论高低的强大的旧势力，而兰彻就象征微弱却对教育有着独到见解的新思想。当新旧势力产生碰撞和斗争时，作者也给出了胜负的答案。正如马克思主义哲学发展观所坚持的，新事物必将取代旧事物。当"消音器"找到兰彻时，却意外发现，兰彻正是自己最想结识却又高不可攀的科学大家。

在书中，最令我感动的片段是在倾盆大雨中，校长的女儿因为难产，救护车不能及时到达，加之断电的种种危险情况下，生不下孩子。这时，一直被校长认为玩世不恭的学生兰彻，因之前凭借自己的兴趣积累了许多课外的理科知识，顺利地搭建起一个小型的手术室，将孩子顺利带到这个世界。校长喜极而泣，将孩子抱在手里，只说了一句话：做你自己喜欢做的事情吧。这与校长之前一直坚持将未来这个孙子培养成品学兼优的好学生，进而成为大富大贵的梦想迥然不同。

校长的转变，既令人感动又令人深思。结合书中类似种种的情节，我不禁想到一个问题。

教育究竟是为了什么呢？

仅仅只是为了获得一个好的名声吗？或者仅仅是为了得到世上的一份财富吗？

如果将教育和这些功利性的名词挂上钩，那么教育本身也会变成经济利益的附庸，变成可悲的上层建筑。正如书中所举例子，学校将自己的升学率作为所谓的办学特色；富人雇佣穷人代替自己的孩子上学只是为了获得一纸文凭、社会的地位。这是我们应该痛心的，也是我们应该加以反思的。

在我看来，教育，应是教书育人，应对个人从知识结构到心理状态，甚至是价值观和人生观，都起到一种指导的作用。

教育，目的之一就在于学习力培养。培养个人成为知识渊博之人，形成对世界的好奇、探索未知事实的兴趣以及帮助他们形成对于自身更加深刻的认识，从而决定终身奋斗的方向。兴趣是最好的老师。学习动力是在兴趣基础之上建立起来的，而教育可以促进学习的兴趣，从而让学习充满动力。倘若没了兴趣，教育本身会失去活力，学生不愿学，老师不愿教，只能形成恶性循环。要实现教育促进兴趣，应从激发好奇心做起，而不是填鸭子般将知识全部填充在大脑中，以这种方法来求取高分违背教育的初衷，并未考虑到个人是否已有了由内到外的发展。我想教育使我们达到的境界应是因为学习而快乐，因为学习而充实。

在此基础之上，我们也应该了解到，人在生理和心理上越成熟，就越会了解自己的兴趣何在，从而成就最好的自己。每个人的兴趣是有所不同的。那么，父母、老师甚至是自己，不要将主观意愿和世俗的一些评判标准，如财富、地位牢牢拴在一起，武断地决定学习者未来的方向。因为真正的成长，真正的成功，是在兴趣的引导下，以教育为基础产生的知识积累，达到自我价值的认知发掘，进而促进自我价值的实现。而社会财富与较高的社会地位，只是自我价值实现的同时，获得社会认可的具体体现。

教育的第二个目的，是为了获得对世界的新认识，促进人类继续探索未知世界。如果我们只是为了学习既定的知识，只以前人的经验作为绝对的真理，而不加怀疑地全盘吸收，不加以创新探索的话，教育便成为思想的枷锁。知识都是前人总结出来的，是在一定的历史基础上产生的一种对世界的看法。如果我们不去打破不合乎逻辑的常规，在学习中逐渐磨掉了自己的个性，那么，就剩下只会解答试卷的学习机器，世界就会缺少创造力。当然，这并不是说前人的知识就一定不好，只是说应该在学习知识的过程中，加入自己理性的思考，在既有的基础之上，谈论自己独有的看法。个人的思维境界开阔了，社会的思维境界也将会开阔。在创新思维的引领下，未知世界的认知仅仅是时间的问题。

道歉书

亲爱的宝贝：

窗外又开始下雪了，这让我想到了你。我想到了你澄澈地看着我的眼睛，我想到了你洁白无瑕的身影。那片片飘落的雪花，是顽皮的你吗？

也许，我不该奢求你的原谅——但我的歉意像是一根刺一直扎在我的心里。

对不起，宝贝。

我第一次看见你是在晚上。昏黄的灯光下，你蜷缩着身子，静静地躺在路旁。你太小了，小到我以为你是一粒石子；我不小心踹到了你，你吃痛地叫了一声，才惊醒了一直沉思的我。我诧异地看向你，你睡眼惺忪，眼眸里又隐隐地透出一丝丝微光，似是希望，亦是绝望。我的心里除了怜惜没有别的，那一刻，下定决心——带你回家，我要照顾你。

我把你抱在怀里，丝毫没有闻到你身上散发出来的刺鼻的气味。我只感觉到你还在瑟瑟发抖，我只感觉你需要温暖。"要它干啥，你有时间和精力照顾它吗？"妈妈责怪着。我只是低着头，眼睛盯着你，又一次看到你澄澈的双眼——我倔强地要把你留下！

对不起，宝贝。

我将你放在水龙头下冲洗，你的毛洁白如雪。

"就叫你雪花好了。"你似是听见我的呼唤，抬起头，眼睛变得光彩熠熠，尾巴也随着摇摆起来。我开始把你当作宝贝。

你有些怕生，放了牛奶，你一口也不愿喝，我有些急，直接将牛奶倒在手里，你只是轻轻地闻了闻便走开；我不愿放弃，又把家里做好的鱼肉放在手里,或许是被我的真情打动,你舔了舔鱼肉,吃了一点点,这已让我惊喜万分。

也许是在外流浪惯了,你有些不适应家里的环境。即使是睡觉,也要竖起耳朵,尽可能地捕捉异常的声音,稍有动静,就机警地抬起头,开始连连后退。因此,你宁愿窝在角落,也不愿待在我给你准备的小家。你盈满惶恐的眼睛看着我,我下意识地把你抱在怀里,只想把我温暖的怀抱当作你暂时的家。你安静地卧在我的怀里,渐渐地,竖着的耳朵耷拉了下来;渐渐地,紧绷的腿松弛了下来;渐渐地,你趴在我的怀里——我似乎听见了你均匀的呼吸,还夹杂着轻微的呼噜声。

我决定了,我要保护你。我用我的手臂围成一堵坚固的城墙,把一切挡在外面,让城墙包围着你,让你成为这座城堡里的王。

"连自己都照顾不好,还能照顾好一只猫,"妈妈提出让我把你送给那些有养猫经验的人。我说什么都不肯,我大声嚷嚷着:"她是我的,谁也没有我爱她!"

空气里弥漫着硝烟,我和妈妈僵持不下,妈妈只好让步:"给你外公吧,他有时间,会养好猫。"我的眼泪突然冲出眼眶,我扭头,看了看怀中的你,你澄澈的眼睛还带着一丝慵懒的气息。我心里明白,如果送给别人,你会活得更好——"给外公吧。"我心里充满了不舍。

对不起,宝贝。

我带你一路颠簸,回到外公家。

那时候的你啊,变胖了,也变得更乖巧了。

那时候的你啊,最喜欢玩的游戏就是抓纸条。我用卫生纸当作小鱼,你刚才还无精打采,顿时眼睛变得圆圆的,全神贯注地盯着眼前的"小鱼",左边的爪子一扑,右边的爪子一抓,再用嘴巴去咬纸片,把它用劲往后拽。偶然间瞥见你抬起的眼——你的眼里似是有着碎银般的光芒,在不停地闪烁。

那时候的你啊,总是跟在我的身后。我最怕洗澡,总觉得暗处有一双深红色的眼睛正盯着我看。你似乎明白我的心思，一向最怕洗澡的你竟然冲进了盈满水的浴室。你仰着头，看着我，眼睛里是隐隐的柔光；你不停地喵喵地叫着，似是你新编的歌曲。

那时候的你啊，有冒险精神。你开始喜欢寻找各种各样的吃食。一次，午休时你轻巧地抬起爪子去拨电饭煲的盖子——"咣当"，惊醒了睡梦中的我，只见你正躺在米饭中央四只爪子不停地扑腾，嘴角还沾着一粒粒米饭，你小小的舌头还在不停地舔着。我微笑着把你抱起来，只是轻轻地帮你拍掉身上的米粒，看着你又快活地去寻找新的食物。

果然，快乐的时光还是短暂。离别时，我把你紧紧抱在怀里，不愿把你放下，俨然忘记了和妈妈的约定。"把她放下。要不然我就把她送给别人！"我有过一丝丝的犹豫，把你送给别人——我缓缓地把你放下，你似是知道了什么，小爪子还挂在我的袖子上。我的动作很慢、很慢，我怕牵动了快要掉出来的泪珠。你的眼中是不解？是隐隐的作痛？是埋怨？

我坐在车里看向你，你站在那里，一动不动，眼里有我永远读不懂的语言。

对不起，宝贝。

"雪花在哪里？"我询问着外公。

"它……跑到别人家去玩了！"在我三番五次的追问下，外公愣了半晌说道。我不相信，我已经去别人家门口找过了，都没有它的踪影。也许，也许是它生气，躲着我吧。

是啊，我不是一个好的主人，我明明答应要保护它的。

"雪花在哪里？"我四处打听，他们吞吞吐吐。所有人都不愿意告诉我。那么，好，我只好等。我看着夕阳爬向西边，看着星星织满夜空，你还是没有回来。一阵冷风吹来，我不禁打了一个寒颤。

"雪花，雪花她被车轧死了。"外公稍稍有些颤抖的声音夹杂着寒风像一块黑布蒙住了我的双眼，蒙住了我的耳朵。我的世界掉进了一个无声的黑洞。我有些不敢相信，这才过了几个月呀？

我不敢呼吸，听着外公的讲述：因为雪花太恋人，外公出去倒垃圾，她跟在后面，一辆摩托车过来，她不知道躲闪，活活地被车轧死了。

　　她还没有惨叫一声，红色的血浸染了她雪白色的皮毛，浸染了她渴盼的眼睛，也浸染了我的心。如今雨水冲刷掉了红色，但是泪水却不能冲刷掉心中的血色。

　　对不起，宝贝，也许最开始，我就应该规划好一切，我就应该全身心地保护你。

　　也许，说什么都没有用了。

　　窗外又开始下雪了。亲爱的宝贝，我亲爱的小猫咪，你还好吗？我相信你一定化作一片快乐的小雪花。亲爱的宝贝，你放心，这一次我不会再把你接到我的手上，我不会再让你融化在我的手心。这一次，我只想看着你在空中快乐地跳舞，快乐地生活。

想被原谅的主人

2014 年 12 月 31 日

生命，那个命题

生命，它是一个很难读懂的命题，是每一个人都必须慎重对待的命题。生命非常短暂，每个人都只有唯一一次，抓住它，赋予生命以意义和价值，生命从此变得鲜活。我觉得人生就像一瓶酒，当你不断灌入充实的每一天，等装满时你回过头去品味，你会感到生命如灿烂之酒花。

杏林子曾写过一篇题为《生命、生命！》的文章，我从中获取了从未有过的体悟。文中一粒香瓜子、一只飞蛾都有种强大的求生欲望，作者又用医生的听诊器听了听自己沉稳而有规律的心跳，写出了"我可以好好地使用它，也可以白白地糟蹋它，我必须对自己负责，让有限的生命体现出无限的价值"。是啊！植物和动物都是那么渴望生命，它们哪怕活几秒、几天也值得，正是这种不可毁灭的强大力量才使得那么多动植物茁壮成长。

现实生活中，盲人海伦·凯勒是个热爱生命的人，在我眼中，她对每一天都特别珍视。当我还小的时候，我曾经拽过一只飞蛾的翅膀，我把它的翅膀拽下来了一大半，但飞蛾很努力地爬着，我坚信它一定还能存活下去，现在想想，我自责自己对生命的残暴，也对渺小之物的生命缺乏敬畏。因为它（他）们觉得每分、每秒都特别宝贵，如果你浪费它或者毁灭它，就等于耗费了世间最神圣的美丽和真实，毕竟人生也是由不起眼的每分、每秒构成的！

生命，生命！生命永远属于自己，生命只有一次，我们珍爱属于自己的时间，珍爱属于自己的未来，因为生命易逝。

男神，男神？

你心目中的男神是谁？明星？演员？

都不是。我心中的男神根本不帅气，有着一口大黄牙，身材细长，永远穿着洗旧的衬衫，但是他却有种魅力摄人心魄。

体育中考那天，太阳分外毒辣，看到偌大的操场和严阵以待的架势，我心中生起了一股"害怕"，准备好的信心在一瞬间土崩瓦解。"嘀——"声音响起，我奋力跑起来，拼尽所有力气向着前方迈进。渐渐地，体力有些不支了，渐渐地，由大步变为小步，额上的汗滴流进嘴巴，腿酸软酸软的，我想放弃的心都有了。"加油！往前跑，加油！"熟悉的声音传来，我不用看就知道是男神！我像打了鸡血一般，很快，他追上了我，他大口地喘着气，却一直拼了老命地喊着我的名字，喊着"努力"，我仿佛能看到他脖子上的青筋跳动，他身后的汗滴正在舞蹈，我仿佛看到他眉中写满了期盼。

我被一只无形的大手推着向前奔，一种从未有过的激动袭卷全身，终点，终点就在前方！当我冲了过去，下意识地看见男神躬着身子喘气，眼神却十分坚定地看着我，他的眼中有一团火，暖了我的心。

五天前。男神说要带班上的同学出去玩，去放松心情。我们满怀期待地出发了——男神因为记错了路线，使我们走了一天的山路。哀怨声此起彼伏，像在"控诉"。

男神却满脸带笑，对着我们激动地说："同学们，有个好消息！这么长的路咱们都过来了，中考有个啥，你们说是吧？"一瞬间，抱怨声止住了，变成了掌声。男神的眼神十分坚定，他就像一座山。

半个月前，我因这考试失利而感到痛苦不已。男神看着我，对我说："我教你一个考试妙招，做好了，中考没有问题！"他把手一挥，坚决的样子让我好奇，接着他夸张地举起"OK"的手势，放大音调对我说："我是最好的，最棒的，OK！"接着重复了几遍，我忍不住笑了起来。男神说："失利不要紧，老师相信你，自己有信心。"他郑重地拍了拍我的肩，我凝视着男神，他眼神十分坚定，吹走了我心中的雾。

谢谢你，男神！是你曾经助我飞翔，是你曾经帮我挡风遮雨，是你曾经让我无所畏惧。

普通又不普通的风景

外公家门前的院子不大，走不了几步就到了尽头，还紧挨着公路边，院子里也时常有一两株杂草探出头来，石子也是随处可见，真的是再普通不过，甚至称得上有些破旧。

当太阳刚从窗帘缝中钻进来，外公家的鸡就开始叫早。乡村的清晨开始了。我睡眼惺忪，走下楼，看见外公正拿着把大扫帚扫地，没过一会儿，脸上就出现了红晕，院子又不是很脏，为什么还要扫呢？

半响，外公扫毕，看了看天，就把家里的椅子全部搬了出去，不大的院子里早已挤满了椅子。外公悠闲地坐在椅子上，抽着烟，脸上堆满了笑意。

"早啊！"外公的第一个客人来了。"来坐吧。"外公招呼着，还未说完就将水倒上，邻居王大爷也没有推辞，径直找了一个椅子坐。外公就和他熟络地聊了起来，谈谈家里的收成，聊聊村里的好事坏事，问问计划打算。

聊了半天，那人突然一拍大腿，想起还有事情未做，便打了招呼慢慢踱步离去。不一会儿，外公的第二个、第三个客人来了，小小的院子早就坐满了人，不管认识的不认识的，都能很快地联系起来，按照外公的话说，就是"来的都是乡里乡亲"。

在这样热闹的场景中，外公家养的鸡也按捺不住激动的心情，三五成群地跑了进来，分享一下人们的乐事，叨开家事、国事、天下事。紧接着树上的鸟儿也开始歌唱，蟋蟀在一旁伴奏，院子里的野草也时不时扭扭小蛮腰。孩子们在大人的椅背后追迷藏，欢笑声如银铃，碰撞在一起，洒在小院里。

外公就是靠着他的热情、善良、能干聚拢了人脉，当村书记三十多年不计个人得失，当地的百姓联名要他长期干，直到七十岁才荣享清福，这在全国并不多见。当书记期间，他团结一村百姓自力更生修路、建橘园、建房、安装变压器、建通水管道，把一个贫困村建成了曾是武当山有名的富裕村，成为武当山特区致富风景线，该村被电台、报纸称赞为"井沟一条街"呢。好多村情民意都在这院子里收集，好多大事小事都在这院子里商定，好多家长里短都在这院子里解决。外公家的院子是村里最美的一道风景。

外公家的院子真的是再普通不过，但它又是极不普通的。因为它记载了每一次欢声笑语，它铭记了每一个普通又不普通的日子，它写就了一个普通又不普通的故事，上演了一幕幕平凡而精彩的乡村剧。

生命中的一束光

在那时候，我竟说不出话来。我只觉有一束光，透过阴霾，透过黑暗，让我的世界透亮。

"真是烦人！"我郁闷地狠狠踹了一脚门，试图发泄所有怨气。我终于尝到因为没有钥匙站在门外苦等的滋味了。虽然妈妈一再强调要让我带钥匙，今天可能晚一点回来，可是我就是不长记性，想到此，又狠狠地踹了门一脚。

在外面苦等的时光真难熬。

"噔噔——"脚步声！我听到了希望。脚步的主人近了，近了，结果——一张陌生的面孔出现在我面前，我立刻难过地吸了吸鼻子，回到门边。

"嘿，你怎么不回家啊？"那个陌生的面孔说话了，脸上带着浅浅的微笑，她的声音不刺耳。"别和陌生人说话！"妈妈的话又回响在耳边。

"我……我……"我欲言又止。她看了看我，轻轻笑了一声，接着向前走。我突然松了一口气，可是过了几秒，她停下脚步，扭过头来说："这么晚了……"她边说边在包里拿着什么，我突然警惕起来，做好随时逃跑的准备了。

慢慢地，她拿出一只手机，望着我说："这么晚了，一个人待在外面不好，给爸爸妈妈打个电话。问他们什么时候回来。"我不知所措，机械地拿过她的手机，拨下号码，打通电话……"你的爸妈怎么说啊？"她接过手机，眼里含着一股暖流，似乎吹走了我心中的某些东西。"他们说还要一会儿。"我小声说着。她沉思了一会儿，说道："那到我们家坐会儿，就在楼上，我是新搬来的。"这时我才仔细看清她的长相——一头干练的短发，眉目中写着岁月的痕迹，却依然掩不了似水的柔情。她含着微笑，脸上还挂着两个小小的酒窝，显得格外美丽。"不了！"我下意识地回绝了她的好意，她眼中闪过一丝诧异后，郑重地拍了拍我的肩膀，柔声说："有事敲我家的门。"我点了点头。

不知怎的，在她上楼的一瞬间，似有道光芒向我照来，那么轻柔美好，似阳光普照大地，我竟语塞，只觉眼角有些湿润。

因为这束光，我的世界真透亮。

舍，亦是得

舍，亦是得。

古人云，舍得，舍得，有舍便有得。舍是一种智慧，得是一种能力。

树舍灿烂夏花，得金秋果实；蝉舍沉重躯壳，得自由放歌；凤凰涅槃，重获新生。于人，舍更是大智慧。

在"文革"时期，众多的领导人纷纷遭受打击，有的人抑郁不矣，难以舍掉心中的羞耻，或自杀，或颓废度日。在这群人中，他舍弃了心中的难堪与无奈，他舍弃了心中的愤恨与抱怨，被贬之后，仍每天锻炼身体，以乐观豁达的心态面对人生。"文革"闹剧终止之后，他以一颗赤诚之心和强壮体魄，成为一个在88岁仍能畅游江水、指点江山的伟人，他就是邓小平——以自己的舍最终换来事业的得，甚至是这个社会、这个世界的得。

倘若当初他不会舍，也便没有了今天我们所拥有的一切，这种舍是一种望向远方，追逐理想的表现。

"鱼，我所欲也；熊掌，亦我所欲也。二者不可得兼，舍鱼而取熊掌者也。生，亦我所欲也；义，亦我所欲也。二者不可得兼，舍生而取义者也。"在生与义的大难选择中，有的人不愿舍生取义，最后落得个"生不如死"的下场。泰坦尼克号沉没后，一个细野正文的日本人男扮女装，冒着被水手们打死的危险，爬上了载满妇女和儿童的救生船得以逃生，回国后被免去官职，但至死都背着"卑劣的幸存者"的恶名，在耻辱中离开人世。正如星云大师所说："在阴暗的日子里，舍弃一切，养得深根，才能等到来日枝繁叶茂。"

牛顿是著名的物理学家。在他还未被认可时，他所说的每一个观点都遭来质疑，甚至诽谤他抄袭。面对这一切，他舍弃一次次可以当众演说的机会，不愿浪费时间和精力，一心做研究，研究出更多的理论，当他被任命为英国皇家学会会长后，一切的非议都瞬间停止，他得到了掌声，当他背对着世界时，世界却将他拥入怀中。

舍是一种勇气，舍是一种信念，舍是一种成功的途径，舍是人生路上一条特殊的路，引领我们领略另一片春暖花开的世界。

退，也是一种进

小溪遇上巨石，便另辟蹊径，继续前进；含羞草受到惊吓，便缩上嫩叶，保护自身；树受风吹雨打，便舍满树金黄，得到来年翠绿。面对挑战，这些事物给出不同的选择：以退为进，正是这种退才造就了一种不同的进。

"数风流人物，还看今朝"是一代伟人毛泽东写下的豪言壮语，显出他的非凡气魄，可毛泽东也是以退为进的典范。在敌强我弱的情况下他提出了游击战的十六字方针："敌进我退、敌阻我扰、敌疲我打、敌退我追"。这通俗易懂的十六个字蕴含着深刻的"进退"哲学和军事思想。共产党就是凭借这种军事思想，用"小米加步枪"，赶走了日本人；共产党用"进驻延安、退出延安、保卫延安"的战略思想，粉碎了国民党的围剿。"李得胜"，离开获得胜利，不仅是这段峥嵘岁月的写照，也是以退为进思想的胜利。从某种程度来说，是机智的退才造就了当时的胜利，退是对自己实力的真正判断、对未来的自信，退的过程是积蓄力量、运筹帷幄的过程，最终决胜千里。

难以想象，若仅凭刚开始毛主席的微弱兵力而去所谓的"正面迎敌"，无异于以卵击石，必败无疑。

退在前进的路上显得极其重要。而中外不乏这样鲜活的例子。越王勾践卧薪尝胆，为他人做牛做马十几年，最终获取胜利；牛顿在提出伟大的理论后频遭质疑和抨击，却接着埋头苦干，在取得更大成就后，谣言才平息；武苏流放先塞放羊 20 年，忍辱负重，最终盼得返回国度哪一天。这些耀眼的历史明星因其以退为进的智慧，立下一座座丰碑，开创一个个新纪元，引领一代潮流，使之成为智者。

反观当今，不少人缺乏理智。在各种挑战面前，不懂得认清自己，以退为进。日本频繁在钓鱼岛、南海给中国制造麻烦，有的国民在网上公开谩骂，要求赶走日本企业，有的还叫嚣要与日本开战，这种"进"只是一种莽撞和愚蠢。我们经济总量虽已经跻身世界第二，但我们还是发展中国家，经济和军事力量还相对薄弱，应潜下心，努力提升自我，以提升我国综合国力，那别国还敢挑战我们吗？

简而言之，退也是一种进。

让我们做一只冬眠的熊，做一棵保护自己的含羞草，做一条会自由流动、能屈能伸的小溪，把退变为进。

人生路向上走

人生若有两条路，一条由荆棘铺满，曲折不平，一条则光滑平整，曲折的路，通向遥远的天边；光滑的路通向深渊。我们都是站在这个路口的行人，你该如何抉择？倘若向下，虽无坎坷，终将堕落；倘若向上，虽有困苦，终将闪耀。

冯骥才曾经说过："风能吹走一张大纸，却不能吹走一只弱小的蝴蝶，这就是生命的本质。"这让我想到了在天文学界有着举足轻重地位的霍金，"渐冻人"这个陌生的名词被我们熟知，然而霍金在面对罕见之病这只凶猛的"拦路虎"时，虽有一丝退却，但最终决定面对它并击败它。感觉着自己的身体渐渐没有知觉时，他没有放弃而在自己的领域驰骋；感觉自己逐渐失去了处理事情的能力时，他还是毅然决定选择铺满荆棘的路。当他的理论使世界为之惊叹时，他用他高大的形象向困苦、向命运说"不"！

假如霍金当时因为发生在自己身上的罕见之病而萎靡不振，他当时如果放弃自己，便不必说他所取得的成就，恐怕连困苦的生活也要将他吞噬。

正如故事所说，同样是在"贫民窟"长大的，一个选择了做罪犯，一个则选择做法官，究其由，想必和"态度"二字不可分开。

反观当今社会，常有例子见诸媒体：某大学生因为成绩不如意而跳楼自杀，某小学生因为手机没收而割腕，更有甚者，某大学生因为和同学发生口角而向对方水中投毒，从而使网上疯传"感谢室友三年不杀之恩"，成为笑谈。在相同的路口，他们选择了下坡路，因此失去了所拥有的。当我们面对失败、困苦、疾病、挫折和不如意时要敲打自己，叩问内心，用积极阳光的心态对待学习、工作和生活，我们将收获花香、温馨和幸福。

倘若，在面对挫折时，我们能多一些积极的态度，多一些坚强的力量；倘若，我们能像居里夫人那样，用信念来追赶渺茫的希望，也能提取出生命中珍贵的"镭"；倘若，我们能像爱因斯坦那样，在从小被老师说"笨"时，仍能顽强成长，也能成就最好的自己；倘若，我们能像马云那样，即使倾家荡产，无路可走时，仍坚定向前，创造"阿里巴巴"帝国，披荆斩棘，成就网络商业帝国的神话。

"态度决定一切"，面对前面的荆棘，不要退缩，不要害怕，让向上的态度成为一盏灯，引领你走向上的道路。

美德需要传扬

教育界时兴赏识教育,对于孩子做得好的事及时提出表扬。实际上,传扬,无疑是美德发扬的推动力、兴奋剂,让美德成为血液,在我们心中奔腾,让美德成为空气,成为赖以生存的保障。

张金彪此举虽有些荒唐,因其前无古人后无来者的做法招致骂名。但我要说,这对于个人来说是需要的。张金彪也许可以从中获得继续向善的动力、继续向前的干劲,乃至将这种希望之火点燃世界,将爱心与公益传递下去。

美德需要传扬,社会需要正能量。近年来,最美孝心少年、最美乡村医生,因自身的美德登上高尚的王座,正是因为有了赞扬,众人才看见他们的闪光点,才能让这种美德传递。

美德需要传扬,国家需要好的精神环境。《感动中国》是一次一次灵魂的洗礼,也是对美德的赞扬和传颂。从舍生忘死、奋不顾身的官东到为国筑火箭,兢兢业业的徐立平;从作为一滴水,要将自己融入大海的"琴弦上的放歌者"阎肃再到"宝贝回家"无私奉献的善举……中国一次又一次推举出感动中国、震撼心灵的人物,是用赞扬唤起社会良知,让美德之光燃烧下去,美德之曲传唱下去。

其实不仅在现代,传扬美德古已有之。汉代以察举选孝廉之士为国家栋梁,成为心中道德典范;《陈情表》以感人肺腑之言,唤起君王仁慈免于杀生,为后人赞扬传唱;大孝子董永更成为孝心标志,成为人们代代歌颂的精神勇士。

如果美德不为人所知晓,所有人只是默默做,或许坏人不会有向善之欲,好人再无向善之心，切断美德传唱的机会，精神之河将断流。

让我们传扬美德，让美德成为中华民族鲜明而又醒目的标志，让美德从现在起深度激活，全面唤醒。

摘下有色眼镜

一个名不见经传的副教授韩春雨在国际顶级期刊发表研究成果，业内给他高度评价，说他打开了另一扇基因编辑大门。我的读友们，你会想到什么？是敬佩，还是叹服？在内心深处，我们还是会或多或少有这样的疑问——为什么这样的无名小卒会获得如此大的成就？为什么没有背景的他能够一夜之间爆红？

人们往往在不经意间带上有色眼睛，总是理所当然的认为成功＝学历＋获奖经历的积淀＋资历，却忽略了成功的另一种重要的途径，那就是在无声处发出最强音，那就是先有暗流涌动，既而泉涌如柱、惊艳四方，正所谓"宝剑锋从磨砺出，梅花香自苦寒来"。

冰心如是说："成功的花儿，人们只惊羡它现时的美丽，当初它的芽儿浸透了奋斗的泪水，洒遍了牺牲的血雨。"一个路人甲瞬间变成顶尖大师，定与一颗沉静的心有关。十年磨一剑，含辛茹苦，以水滴石穿之功，铸就世间奇绝之剑，劈开丛丛荆棘，引领人们走向自然的新巅峰。或许有这样的日日夜夜，他挑灯夜战，用恒心去获得知识的充实；或许有这样的次次机会，他本可以借此获利获名，却仍选择躲在自己的世界，甘心继续磨一剑。在数万次的锤炼后，宝剑早已坚不可摧，他赢得世人赞誉当属于必然的了。他一定在雪水里泡了三遭，在碱水里洗了三遭，在沸水里煮过三遭，但他的奋斗和前行的寂寞只有自己知道。

我们也应当意识到，创新本不是单靠学历的高低而一锤定音。这只是其中的一个标准，却绝对不是唯一的。先前的成就只是对于先前学识的认可。说到底,决定现在创新成就的高低在于现在自身的思维高度。创新源于人的头脑风暴,"若无某种大胆狂放的猜想,一般是不可能有知识的进展的"。而这种大胆的猜想,不只是一些虚位能够左右的。创新的思维和过程旁人无法看到,但实践者本人必是经历过成千上万次的思维碰撞,成千上万次的尝试酝酿,方出现"沉舟侧畔千帆过,病树前头万木春"的境界。

  人们都是高级视觉动物。我们习惯性用眼睛看到的去评判自己所关注的。面对成就及其本身的巨大差异,遂很自然的对自己所看见的表象产生怀疑。我们愿意去探索、去质疑,但是却不愿意真正静下来,浮躁的心态驱使我们去妄下定论;我们愿意去接受原有的定理、固有的规则,长时间关闭在固定的思维模式之中,对突如其来的打破者会排斥、会否定。种种原因致使我们不愿摘下有色眼镜,就看不清世界的多样性,忽视了"条条道路通罗马"的真谛。其实,世间成功的路有千万条,无论走哪一条,只要我们执着前行,享受痛并快乐的过程,都会走到太阳辉映的山顶。

  韩春雨式的成功比比皆是。当青蒿素拯救世界,感动国人,我们惊奇地发现它的发明者屠呦呦并没有洋气的学位,也不显山露水;当杂交水稻帮助亿万深陷饥饿困境的人重现笑颜,不能否认他的发明者袁隆平最初也只是体色黝黑的农夫;当科幻奇景呈现,三体异象引领时代顶峰,不能想象他的作者只是和你我一样普通大众中的一员。他们从无名之辈到世界大家,似乎只是一瞬之间,却花费了毕生心血。面对这样的成就者,面对这样的沉潜故事——朋友,是时候摘下眼镜了,为他们的成就,真心地鼓掌吧。

跳出舒适区，寻觅未知风景

生活若是太过安逸，如温室的花朵，看到的只是周围的风景；生活若是太过舒适，如井底之蛙，所见的仅有蓝天一隅。正如《阿甘正传》中一句话所说："生活就像是一盒巧克力，你永远不知道下一颗是什么味道。"于我们而言，不甘做温室的花朵，不甘为井底之蛙，方能寻觅时间奇绝曼妙之境。

不易被人接受的行为是勇敢的，也是伟大的。郭传放弃安乐窝，用一颗心、一支桨去开辟新的生活，寻觅到心灵愉悦的风景，这种美好，断然不是每天朝九晚五的生活可以寻觅到的。正如他自己所说："人的生活不应该是一条大河，越流越缓。应是一条在崇山峻岭间奔腾不息的小溪，时而接近干涸，时而一泻千里。"以探索的精神收获自我精神的富裕，本身值得我们崇敬。

假如你是一个从"二战"战场上凯旋的勇士，假如你的生活本可以依靠荣誉和奖金，假如你本可以享受无忧无虑的生活，此时，你还愿意奋斗吗？克里斯托弗·李的答案是否定的。他带着对未知世界的渴望，从熟悉的军事领域退隐，凭借着义无反顾的精神向着影视圈发起猛烈冲击。他从零开始学起，从背剧本练感情出发，在不断地碰壁后越挫越勇。他表演的萨鲁曼这个邪恶狡诈的巫师形象深入人心后，完成了攀登人生第二座高峰的壮举。他手握着奖章，接受着世人的赞誉，却不甘在幸福的蜜糖中沉沦，转而踏向新的征程。这次选择的是红极一时的摇滚乐。当82岁高龄的他重新拿起吉他，释放内心熊熊燃烧的探索之火，记住的不仅仅是在乐坛活跃的高龄老顽童，更是一个在人生中不断前进的勇者形象。他的每一次转身，向着新世界开拓，用一颗心、一支桨探索新的陆地，他领略到的是青春不老的风景。

如今越来越多的人踏上说走就走的旅行，甘愿离开被规划的好人生，背上背包，变卖家产，以脚丈量世界，以眼开拓狭隘的心灵世界。

未知风景因神秘而迷人，因迷人而精彩。冲破固有的生活范式，踏石留印，抓铁有痕，准备弯道超车吧！

豆，一瞬间初绽新绿

头上的"红豆"，
与画有叉的卷子几乎同时从天而降，
苦闷如死水微澜。
不久，
我的世界下起大雨。

额头上那不速之客越来越多，
终于，挤满了额间的黄土地，
朋友说，
你的小名是豆豆，
现在你真的是"豆豆"了。
朋友的逗乐，
是没有掺假的玩笑话。

医生说，
你的豆豆是一块冰，
过几天就会消失了。
父母说，
你的豆豆是一种标志，
让你变得更独特。

他们和她们，
都说的是一句开心话。

后来，我的心说，
你的豆豆是一片乌云，
心中的阳光可以将它驱散。
我将画满叉的试卷，
放入心中的阳光，
太阳拨开乌云跳起希望的舞蹈。

最后，阳光把红豆也融化了，
红豆变成了带着浅浅红点的叶苞，
是不是发芽了呀，
额间仿佛一瞬间绿意浓浓了。

写给你的情书

一

我是一只海豚，
徜徉于你蔚蓝的怀抱。
东方的一抹淡色晨光，
为你的新衣绣上金色的浪花，
我愿做一丝鲜活的花纹，
为你的美丽献上绵薄之力。

夜晚的星子如你的眼眸明亮，
我总能记起来，
你带着我去北极的夜空看绿色的极光。
我们静静在浅滩仰望，
欣赏璀璨如烟火，夜空冷艳的花朵。

记得吗，
幼小的我如孤魂在海中飘，
你用血液做摇篮，
用波涛做大手，
轻柔抚摸，引我入梦。

我记得，

残忍的网束缚我的自由，

尖利的鱼叉，邪恶的微笑，

你的愤怒触动了巨浪，

震碎了坚不可摧的巨轮，

焦急唤我回家。

你记得吗，

我故意将自己塞进狭小的山洞，

调皮地想象，

你皱起的眉头，无措的眼神，

昏昏欲睡的我在山洞度过一晚，

终找到我的你，

高声咆哮，轻声拍打。

我记得，

人类说过的古老传说，

今世的父女是上世的情人。

亲爱的老情人，

现在我想问问你，

下辈子，

让我来照顾你，可否？

二

新的你还是摄人心魄，
你害羞地蒙住通红的脸，
如鹿般的大眼悄悄地盯着我。
我说着重复过千遍的问候，
带你看清我的爱慕。

亲爱的，
我是荷你是睡莲，
他们说我们聚少离多。

我说，
假如只有一秒的相聚，
我也愿用一生来交换。

亲爱的，
遇见你我的耳中奏响小乐曲，
你看过怒放的红花吗？
看你多了一秒，
我的脸就被染上羞涩的红光。

微风吹起飘逸的裙摆，
没有凡夫俗子的香水味，
纯洁高贵也无法形容你的完美。
我愿蛙声为伴，夜莺为证，

你与我随风起舞共度良宵。

深夜不再企盼晨光,
夕阳让我焦躁,
不再害怕密林猛兽,
我甘做默默守候的护卫,
只需眼角笑意作为回报。

人类说,
有种爱会让人卑微到尘埃。
那我定是中了爱的毒,
你成为我的信仰,
心甘情愿至死不渝。
这是我的情书,
对你一生的承诺。

三

我是一粒普通的种子,
不知何时坠落你宽厚的怀抱,
你轻柔附上温软泥土,
其中包裹的安全感,
是你送给我的承诺。

最爱听豌豆和巨人的故事,
温厚呢喃勾起幻想,

瘦小的我也可变成巨型藤蔓，

头可触碰苍穹，

脚可扎穿小小地球。

你泪里含笑凝视着我，

颤抖的双手抓了又放。

看我整装行囊，

只是说着我会一切都好。

暴雨冲刷着骄傲，

雷鸣打击着自信，

洪水带走的是高傲的头颅，

飓风留下的是蜷缩的身影。

失去温柔依恋的怀抱，

我埋怨你独留我风雨飘摇，

不再怀念从前幸福的撒娇，

从此独草一株无爱无恨。

那年，乌云遮蔽天空，

暴雨瓢泼，

震醒睡梦中的我。

诧异发现流水不曾近身，

坚忍的你默默守护，

从未抱怨今晚的雨有多大。

包容我的不完美，
只有宽厚的你能够容忍，
呵护我的小自尊，
只有大气的你能够支持。

若有来世，
亲爱的母亲，
让我主动给你怀抱，
献出你曾奉出的一切。

石头

最初的最初,
我们还是棱角分明的石头。
带着对世界独到的见解,
带着自己对未来的憧憬,
用个性作为自己的标签。

后来,
我们遇到了凹凸不平的地面。
我们的个性并不适应这里,
每一次的滚动,
我们个性的不规则便会掉落一点。

后来,
我们遇到了共同向前的朋友。
我们相互靠近,
却因彼此的不规则弹开,
每一次的交往,
我们主动将不合适的地方卸去。

有一天,

我们变得如此圆滑，
可以适应任何的地方，
不论高山平原，
我们如履平地。

再后来，
我们惊恐地发现，
自己不符未来的想象，
我们拼命粘起自己的个性，
想不失未来的憧憬。

一切开始疏远我们，
我们无所适从，
孤独的包围并非我们所愿，
我们陷入沉思，
最终选择将个性拔下，
藏于盒中，
葬于火海。